講談社文庫

妖怪アパートの幽雅な日常

ラスベガス外伝

香月日輪

講談社

妖怪アパートの幽雅《ゆうが》な日常
ラスベガス外伝

「ラスベガス、到着〜〜〜!!」

アメリカ、ネバダ州ラスベガス、マッキャラン国際空港。ギラギラした、ド派手なWelcome to LAS VEGASの看板の下で、古本屋が叫んだ。

俺の感想はといえば、

「はぁあ〜、やっと〝都会〟に来た……」

だった。


俺、稲葉《いなば》夕士《ゆうし》。ただいま、世界旅行の真っ最中。

中学一年で両親をいっぺんに亡くし、親戚《しんせき》の家でちぢこまって暮らしていた俺が、高校入学を機に入居したのは、本物の幽霊、妖怪が跋扈《ばっこ》する「妖怪アパート」だった。

俺は、そこで三年間を過ごすうち、妖《あや》かしたちに、そしてその妖かし以上に怪しい人間たちに、俺の狭まった根性や常識や知識を粉々に砕《くだ》かれて、新しい「俺」を再構築できた。

妖怪アパートこと「寿荘《ことぶきそう》」の面々、黒坊主の大家さんに、手だけの幽霊るり子さん。幽霊の子どもクリと幽霊犬のシロ。人間大好き妖怪、佐藤さん。妖怪託児所の保母さん、まり子さん。山田《やまだ》さんや、鈴木さんや、華子《はなこ》さん……まだまだウヨウヨ。それに負けない怪しい人間どもは、詩人で大人向け童話作家の一色黎明《いっしきれいめい》、パンクな放浪画家、深瀬明《ふかせあきら》。長身で長い黒髪の美形霊能力者、龍《りゅう》さん。大食いの除霊師見習い、秋音《あきね》ちゃん。次元を行き来する商売人、骨董屋《こっとうや》に古本屋などなど。

俺は、こういう連中に囲まれ、深くて浅くて、真面目《まじめ》で不真面目で、現実的で非現実的で、優しくて厳しくて、恐ろしくて美しい出来事や話を、見て、聞かせてもらった。俺は、それらを、俺の血と肉にできたと思う。

普通でいい。特殊でいい。

可能性は、無限にあるんだ。

龍さんに言われた。

『君の人生は長く、世界は果てしなく広い。肩の力を抜いていこう』

この言葉は、俺の宝物になった。

早く大人になって就職する。それが、両親へのただ一つの親孝行だと思っていた俺にも、無限の可能性があることを、龍さんや、妖怪アパートの連中は気づかせてくれたんだ。

その無限の可能性の中に、『小《プチ》ヒエロゾイコン』との出会いがあった。

二十二匹の妖魔、精霊が封じこめられている、本物の魔道書《まどうしょ》『小ヒエロゾイコン』。なんの因果か、俺はこの魔道書の主《あるじ》に選ばれてしまった。それはつまり、魔道書を使う、「魔道書使い《ブックマスター》」という魔道士になったということ。

お、俺にそんな運命が……！　というほどおおげさなことじゃないのが、「プチ」ということで。「プチ」の妖魔、精霊たちにはたいした力はなく、どこかズレたモノばかりだ。一方、それを使役《しえき》する俺も、修行して本物の魔道士になる気なんかはサラサラなく、最低限の霊力トレーニングをするだけだった。これが、龍さんの弟子とか後輩というのなら、ちょっとがんばって修行しちゃおうかな〜と思うところだが、生憎俺の先輩というか師匠は、魔道書『七賢人の書《セブンセイジ》』を操る魔道書使い《ブックマスター》、古本屋だった。手のかかるダメな大人だ。

まぁ、魔道書の主になったところで、ファンタスティックな冒険が始まるわけじゃなし、それからも、俺は普通に商業高校の生徒として、学校生活を謳歌《おうか》した。小学生からの親友、長谷泉貴《はせみずき》に支えられながら。

長谷は、両親を亡くしてやさぐれる俺を見捨てなかった、ただ一人の友。金持ちで、容姿端麗、頭脳明晰なできた奴。長谷は当然、超エリート進学高校へ行ったから学校は別々だけど、妖怪アパートを含むすべての事情を承知し、なお、俺の傍にいてくれた。それどころか、アパートをすっかり気に入り、足繁く通ってくるようになった。クリが大のお気に入りだ。

中学の頃は、長谷に言わせれば、俺は「寄らば斬る」みたいな奴だったらしく、長谷以外の友だちはいなかったけど、長谷と、妖怪アパートのおかげで、高校ではたくさんの友人ができた。田代《たしろ》、桜庭《さくらば》、垣内《かきうち》の姦《かしま》し娘たち。上野《うえの》、桂木《かつらぎ》、岩崎《いわさき》ら、たくさんの男子。高三の時には、英会話クラブの部長に選ばれた。中学の頃を思えば、考えられないことだ。

そして、高二の秋から赴任してきた担任、千晶直巳《ちあきなおみ》との出会い。

高校教師としては、だいぶ変わり種の千晶とは、「プチ」の秘密を共有することになった。

「プチ」を背負うことの意味をあらためて自分に問う俺に、千晶は、

『俺たちは、自分ができることしかできない。それは、特別な力を持っているお前でも同じなんだ。その結果、救えない者がいたとしても、俺たちができることは……それを、〝受け入れる〟ことだけだ』

と言った。

また、千晶は、自分が犠牲になって他人を助けようとしてくれるなとも言った。それをされたほうはつらいぞと。

『特別な力があるからといって、お前の身体や命の価値に、他人とどんな差があるというんだ。お前が犠牲になっていいってことは断じてない。また、お前が勝手にそう

思うのは……傲慢《ごうまん》というものだぞ』

この言葉は、長谷がいつか俺に言った、

『何があっても、等身大の人間でいてくれよ。これからもずっと……』

という言葉に重なった。千晶が、そう言ってくれたことが嬉しかった。

両親の死という不幸に、不安や怒りをためこんでどうしようもなく、自分の世界を固く閉ざすしかなかった俺の心の扉を開け、世界は果てしなく広いんだ、俺の可能性は無限なんだ、肩の力を抜いていこうと、背中を押してくれたアパートの連中と、常に傍に寄り添ってくれていた長谷には、感謝してもしきれない。おかげで俺は、たくさんの友だちと、千晶や剣崎運輸《けんざきうんゆ》の人たちに囲まれて、高校生活を満喫できた。わだかまりのあった親戚とも、心を通わせることができた。青春なんて後回しだ、就職するほうが先だと思いこんでいた考え方を、見直すことができた。

大学に行きたいと。大人になるのは少し先延ばしにして、実生活に役に立たなくても、金が儲からなくても、脳みそを刺激する勉強をしたいと思った。こう思えるようになったことを、心から嬉しく思った。『急いで大人にならなくてもいい』と、秋音ちゃんや千晶に言われたものだ。俺はやっと、まっすぐ前だけ……じゃなくて、立ち止まって、まわりをゆっくり眺《なが》めることもできるようになったんだ。

そこに起きた、恐ろしい事件。長年にわたる、長谷の家と本家の確執の真実は、長谷の親父《おやっ》さん、慶二《けいじ》さんと、その父恭造《きょうぞう》との複雑な関係だった。実際は、恭造が慶二さんに執着していただけだったが、その恐るべき執着は、長谷の姉貴、汀《みぎわ》さんを襲う「物理的現象」となって現れた。

俺と長谷は、龍さんに助けられてこの事件を解決したが……。

その過程で倒れた長谷を救おうと、俺は、俺の命を全部長谷にやってしまった。

だが、「プチ」が、俺の命だけは守ってくれた。

そして、「プチ」は、すべての力を使い果たして封印状態になってしまったんだ。

俺は、半年間昏睡《こんすい》状態だった。高校の卒業式も、大学入試も吹っ飛んだ。

「プチ」を失い、大学進学もままならなくなった俺。

龍さんは言った。

『君が、自分で選んだ運命をどう背負っていくのか……ずっと見ているよ』

長谷の命を救おうとしたことは、俺が選んだこと。その結果がどうであれ、それを背負っていく義務が、俺にはあるんだ。

背負っていこうと、思った。

まわりの人たちに、心配と迷惑をかけたけど。

命を救ったはずの長谷に、つらい思いをさせたけど。

「プチ」を、失ってしまったけど。

全部背負って、いつかすべてに報いられるように、俺は歩き続ける。前へ。前へ。

『俺たちは、歩き続けなきゃならないんだ。前を向いて、背筋をまっすぐにして……。道はどこへ通じているかわからないが、地に足をつけてしっかり歩いていれば、いつか必ずたどり着ける。約束の場所へ』

千晶の言った「約束の場所」を目指して、俺はこれからも歩いていこうと思った。

千晶は、こうも言った。

『元気なことを大事に思ってくれ。それだけで、お前たちはもうキラキラ光っているんだよ。そんな自分に、自信を持ってくれ』

いろいろご破算になってしまったけど、俺は0《ゼロ》じゃない。俺の両腕の中には、元気がある。

そして、俺がそう思うのを見計らったかのように、古本屋が言ったんだ。

『俺と一緒に世界旅行へ行かね？』

声の調子は吹けば飛ぶように軽かったけど、この言葉は、俺にとって「革命の天使のラッパ」になった。

ここらへんで、ちょっと一服

鞄の中に、携帯電話とパソコンと「プチ」を入れ、日本を発って三ヵ月ちょっと。俺と古本屋は、まず南米を回って、今、北米に入った。北米最初の目的地は、ギャンブルと歓楽の街、ラスベガスだ。

というのも、ここには、千晶に紹介された人がいるから。これからしばらくは、その人ん家《ち》に世話になることになっている。

近代的で、どこもかしこもピカピカ（というよりギラギラ）したマッキャラン空港を見渡して、俺はホッとして倒れそうになった。なにせ、昨日まで三ヵ月ちょっとの旅が、かなりハードだったからだ。

海外旅行はおろか、飛行機にすら乗ったことのない俺が、いきなり世界旅行。しかもその旅先が、アマゾンだ、アンデスだ、マチュピチュだ、ギアナ高地だと、ちょっとお手軽に行くことができないような場所ばかりだった。もちろん、そこは観光地であり、旅行者は多くいる。それでも、都会の観光地へ行くのとはわけが違う。そこに到達するには、時間と労力がかなりいった。マチュピチュでは、標高の高さとの闘い。アマゾンでは、ジャングルと湿気と虫との闘い、などなど。車で行けない場所だらけで、とにかく歩く、歩く、荷物を背負って歩く！

さらに、場所的にも金銭的にも、ちゃんとしたホテルに泊まれないことも多く、俺は、俺のそれまでの常識や知識では想像もできないような場所や環境で寝泊まりした。マットに人形《ひとがた》がクッキリとついているベッドとか、マットすらないとか、シャワーがうまく出ないのは当たり前、トイレは汚物まみれが当たり前。電気を消すと、自分の手も見えない真《ま》っ暗闇《くらやみ》になるとか、朝起きると、部屋に得体の知れない動物が入りこんでいたとか……。まったくもう……なんというか……、とにかくすごかったんだ。キャンプのほうが、はるかにマシだった。まだ旅慣れていないせいもあって、カルチャーショックの連続すぎて、俺はもう、途中でどうでもよくなった。

まあ、それが古本屋の目的だったわけだが。

この南米旅行を乗りきることができれば、あとは何が起きても対処できるということだったんだ。「洗礼」だな。

古本屋は、相変わらずの軽い調子で俺を先導した。どんな過酷な状況でも変わらないその調子には、時にイラッとするけど……ずいぶん助けられた。旅慣れた様子は俺を安心させ、俺の旅のスキルは、確かに格段に上がったと思う。それに、どんなにハードな行程でも、それを補って余りある光景が、目的地にはあった。マチュピチュやナスカの神秘、イグアスやアマゾンの雄大《ゆうだい》、そして、ウユニ塩湖の美しさは、筆舌に尽くしがたいものだった。古本屋は、それを共有する相手でもあった。

「それでも……もうここらへんで、ふかふかのベッドで寝たい……」

と、俺は、ギラギラのマッキャラン空港を見て、心の底から思った。

そんな俺の肩を叩いて、古本屋は言った。

「ここまでよくがんばったな、夕士。久々の大都会だぜ。しかも、ラスベガス!! いっちょ、はじけようぜ!」

無精髭《ぶしょうひげ》の顔を笑顔にする古本屋を見て、タフだと思った。俺は疲れて、はじけるどころじゃない。たっぷりの熱いシャワーと、ふかふかのベッドと……ああ、日本食が食いたいなぁ。ラスベガスには、日本食レストランってあったたっけ？

到着出口から出たところ、大勢の待ち人に混じって、「稲葉夕士殿」と書かれたカードを持った人がいた。

「あれ……？」

ストレートの黒髪が肩まである、黒い楕円形《オーバル》のサングラスをかけた男。ブルーグレーのスーツに、黒いセーター。その立ち姿が……、

「なんか……千晶に似てる」

古本屋が、声をかけた。

「おー、恵《めぐみ》さん！」

「恵……!?　あっ！」

千晶の兄貴！　そうだった。ラスベガスにいるんだった。そうだ、そうだ。千晶が「知り合いがいるから、なんでも協力してくれる」と言っていた。それが、ラスベガスでギャンブラーをしている、千晶家の長男、千晶恵だった。

「ようこそ、ラスベガスへ。古本屋さん、夕士くん」

声が千晶に似てる！　俺は、ちょっと感動した。懐かしさがこみ上げてきた。

「南米を三ヵ月も回ってたんだって？　疲れただろう」

「やー、俺は慣れてんだけど、夕士は初体験だらけでね。ちょっとへバってる。ホントに世話んなっていいの～？」

「どうぞどうぞ。客二人ぐらい、なんてことないよ」

恵さんは、俺たちを駐車場へ先導した。

確か、千晶より六つ年上だったな。ギャンブラーなんて、職業として成り立つのソレ？　みたいなことをしているふうには見えない。チャラくもないし、うさんくさくもない。落ち着いた雰囲気の人だ。千晶の兄弟らしく、とてもお洒落《しゃれ》だし。

「オーッ！　ＢＭＷカブリオレ！　カックイ――――ッ！」

恵さんの車を見て、古本屋が叫んだ。真っ赤なスポーツカーに乗ってるとこは、さすがギャンブラーっぽい？

「冬だから、オープンにはできないけどな」

今日は、十二月三十日。太平洋時間で、午後三時。

明日は、もう大晦日《おおみそか》だ。例年なら、鍋を囲んでいる俺たちのもとへナマハゲたちがやってきて、「大祓《おおはら》え」が行われる。

今年の大晦日は、俺はどんなふうに過ごすんだろう。鍋もないしナマハゲたちもいないけど、きっと思い出に残るものになるんじゃないだろうか。


BMWカブリオレで、ラスベガスの街をかっ飛ばした。

「わー！　テレビで見たことある建物ばっかりだー！」

大好きなアメリカのドラマの舞台がラスベガスで、そこに毎回のように出てくる街の景色が今目の前にあって、俺ははしゃいでしまった。金ピカのマンダレイ・ベイ・ホテル、ピラミッド形のホテル・ルクソール、まるでオモチャみたいな、ホテル・ニューヨーク・ニューヨーク！

「夜景が楽しみだな、夕士」

助手席から、古本屋が笑いかけてくる。

そうだ。超有名な、ホテル・ベラッジオの噴水ショーも見られるんだ。ラスベガスといえば、やっぱりネオンがギンギラギンの夜景だよな。

ラスベガス・ブールバード（大通り）の中でも、世界最大級のホテル、カジノが建ち並んでいる、一番有名な区間、通称ストリップ通りを走り抜けながら、俺は疲れも忘れ、小学生のように車窓に張りついていた。

赤いスポーツカーは、ブールバードを北上、二十分ほどで、ノース・ラスベガスへ入った。スピルバーグの映画で見たような、典型的なアメリカの住宅地が広がっている。ちょっとした前庭のある平屋の家。その横にガレージ。広い道路。映画やドラマの中の俳優たちが、すぐそこを歩いているような気がしてくる。

車はさらにそこを抜け、別の区画に入った。とたんに、緑がぐっと多くなり、フェデラル様式の、二階建て、三階建ての豪邸が現れた。ここは、高級住宅街か。

「おおっ、恵さん、ここに住んでんの〜⁉　儲けてるんだぁ」

古本屋も感心したように声を上げる。

「ま、おかげさまで」

自慢がさり気ないとこが、いかにも千晶の兄貴だなぁ。

恵さんの家は、アイボリーの煉瓦《れんが》造りの、二階建ての大きな家だった。外観もお洒落で、全部の窓にバルコニーがあって、なんというか……家というよりもレストランみたいな印象を受ける。そして、車庫には、いかにも高級車っぽい車が、二台止まっていた。

「おー、レクサス！　こっちは、フォルクスワーゲンの……ポロ⁉　オッサレ〜！」

古本屋も車には詳しい。ていうか、俺が詳しくないだけか。車にはあまり興味がなくて（車は、中古の軽でいいと思ってたから）。

「恵さん、結婚してるの？　してない？　じゃ、三台とも恵さんの⁉　カーッ、この金持ちめ！」

古本屋と恵さんが、笑い合っている。

そういやあ、千晶も、一人で二台持ってたなぁ。あれは、シトロエンだったっけ。

玄関《エントランス》に案内された俺と古本屋は、揃《そろ》って声を上げた。

「うお〜〜〜っ‼」

エントランスは、吹き抜けのホールになっていた。アイアンワークがほどこされた豪奢《ごうしゃ》な階段が、優雅なカーブを描いて二階へと続いている。壁はアイボリーの板張りで、ところどころライトブラウンの煉瓦の壁もあった。床は、白茶のマーブルのタイル張り。まるでどこかの高級レストランかホテルみたいな雰囲気だ。

「プール！　プールがある!!」

俺は、思わず大声を出してしまった。

エントランスの窓から、中庭が見えた。そこには、芝生と植えこみと、大きなプールがあった。

「下世話なことを訊《き》くようだけど、恵さん。ここ、どんぐらいの広さ？」

古本屋が訊《たず》ねると、恵さんは、あっさりと答えた。

「5《ファイブ》ベッドルーム、2《ツー》フルバスルーム、2シャワールーム、キッチン、ダイニング、ファミリールームで、三百七十㎡……坪で言うと……百十ぐらい？　土地は、その二倍ぐらい」

古本屋が、口笛を吹く。

㎡も坪もいまいちピンとこないけど、5ベッドルームはすごい。金持ちの家といえば、長谷ん家《ち》もそうだけど、そして、長谷ん家《ち》もベッドルームは五つぐらいあるけど、一部屋の広さが違うよな、アメリカって。さすがの長谷ん家《ち》にも、プールはない。

口をぽかんと開けて、吹き抜けの天井を見ていた俺は、聞き慣れた声で名前を呼ばれた。

「稲葉！」

ハッと、した。

階段の上に、千晶が立っていた。

「千晶!?」

前髪を下ろし、セーターにパンツスタイルとラフな格好をしているので、まるで大学生みたいに見えるけど、千晶だった。その後ろには、マサムネさんが！

「ああ、元気そうだ！」

階段を下りながらそう言う千晶に、俺は思わず駆け寄った。

「あんたこそ！」

俺が昏睡状態になったことで、千晶にはハンパない心配をかけたことは、今でも俺の心の隅《すみ》っこに、苦い思い出として残っている。元気になり、世界旅行に出る俺を応援してくれたけど、大学進学はやめてしまったし、世界旅行なんて、やっぱり心配だろうと思う。携帯やブログで、旅行の様子はちょこちょこ知らせているけど、それもまだ慣れなくて、余裕もあまりなくて、更新もままならず、毎日のようにブログに足跡を残している千晶や長谷たちに、申し訳なく思っている。

だから、直接会いに来てくれたんだろうか？　千晶は、俺の頭をぐりぐり撫でた。

「引きしまったな。日焼けもしてるし、男前が上がった……って、完全に背丈を超された！」

千晶が赴任したての頃は、千晶より五センチほど背が低かった俺も、高校三年間でちびちびと伸ばし、この半年で、とうとう追い抜いた。少しだけ千晶を下に見ることが、なんだか不思議な感じだ。千晶は、嬉しそうだった。

「そうか。冬休みなんだ、千晶センセ」

と、古本屋が言った。

「そうです。俺は、今年度はクラスを持っていないんで、進路指導をしなくていいから、わりと時間があるんですよ」

ああ、そうか。そうだった。千晶は、今年度は、三年生の選択授業を持っているだけだった。

「メグミから、稲葉がラスベガスに来る予定になっていると聞いて、会いたくなってね。ちょうど一週間ほど時間があるんで、顔を見に来ました。急だったけど、飛行機のチケットも取れたしね」

古本屋は千晶と握手し、笑い合っている。

(あれ……？　じゃ、ひょっとして古本屋は、千晶の冬休みに合わせて、俺がラスベガスに来られるようにしてくれたのかな？)

旅の予定は、時間も場所も、直前まで古本屋はまったく俺に教えてくれない。スキップをするように先を行く古本屋に、俺は必死でついていくだけだ。

「久しぶりだね、夕士くん」

マサムネさんが手を伸ばしてきた。がっちり握手した。

「千晶先生のお守りですか、マサムネさん？」

「そのとおりだ」

「お疲れ様ス」

クスリと笑うマサムネさん。こちらも、相変わらず一分の隙《すき》もなくカッコイイ。

「さて。じゃあ、部屋に案内するよ、二人とも」

移動する俺たちに、エントランスの隅にひかえていたメイドさん二人が頭を下げた。この広い家に、恵さんは一人暮らしで、家事雑用は、二人のメイドと男性庭師が担っているという。

「えっ、個室スか！　嬉しいなあ！」

俺にあてがわれたゲストルームは、二階の、掃《は》き出し窓とバルコニーと、暖炉とウォークインクローゼットと、デスクと、そして、大きなベッドのある部屋だった。今まで、ホテルじゃずっと古本屋と同室だったんで（テントの時は別々）、それが嫌だったわけじゃないけど、すごく久しぶりの「一人部屋」が嬉しかった。

「俺の部屋にも暖炉がある！　ゴージャスぅ!!」

隣の部屋で古本屋も喜んでいる。

暖炉には、もう火が入れられ、部屋はきちんととのえられていた。木が燃えるいい匂《にお》いがした。

ちなみに、千晶の部屋は、俺たちの向かい側。リビングとベッドルームが分かれているタイプの部屋で、マサムネさんと同室だ。千晶たちも、昨日ラスベガスに着いたばかりだった。

二階の東側半分は、ゲストのためのスペースで、ゲスト用のバスルームもそこにあった。

「見ろよ、夕士！　ジャグジーだぞ!!」

古本屋が叫んだ。

バスルームは、青いタイル張り。丸い大きなジャグジー風呂は、掃き出し窓のすぐ手前にあって、窓を開けると、庭とその向こうに山々が見えて露天風呂みたいになる。ジャグジー風呂の隣には、ガラス張りのシャワールームがある。

「ご、豪華……！」

ジャグジー風呂は、もう湯が張られていた。

「さっそく入ったらどうだ、稲葉。疲れてるだろ」

千晶にそう言われ、俺は、クタクタだったことを思い出した。

古本屋と風呂に入る用意をしていたら、シャンパンが運ばれてきた。

「イエッフ――――！　恵さんたら、気が利くねぇぇ!!」

テンションMAXな古本屋に、俺もつられる。

俺たちは、飛びこむようにジャグジー風呂に入った。水流が、心地好く身体に当たる。開け放した掃き出し窓から、真っ青な空と緑の木々と赤茶けた山々を眺めながら、シャンパンで乾杯した。俺はまだ、あと半年は未成年なんだけど、古本屋にちょっとずつ酒を教えてもらっている。旅先によっては、酒は飲めませんと言えない場合もあるからだ。十九歳半なんて、世界じゃ、もう誰も子ども扱いしない。

ラスベガスの冬は、朝夕は冷えこむけど、昼間はわりと温暖だ。窓を開け放してのジャグジーは、とても気持ちよかった。疲れがみるみる解《ほど》けてゆく。妖怪アパートの洞窟《どうくつ》温泉を思い出した。温められた身体に、冷たいシャンパンが染み通る。

「あー、うまい……あ！」

初めて酒をうまいと感じた瞬間だった。古本屋が笑った。

もう三ヵ月、まだ三ヵ月。

この時間の中で、俺はたくさんの経験をした。ハードなことだらけだったけど、それは決して悪いものじゃなく、そのつらさと苦しさは、そのつど昇華され、俺の血と肉になってくれた。

単純な話だけど、初めて酒をうまいと感じたこの瞬間、俺は、これまでの経験をふまえて、一つ「大人になった」と思えた。ホント単純だけど……でも、嬉しかった。

ラスベガスの乾いた青空にシャンパンを掲げると、それは太陽の光よりも黄金に輝いて、まるで宝石を溶かしたようだった。

ほこほこする身体をベッドに投げ出す。

「うおーっ、ふっかふかだあ！」

枕が四つもある大きなベッド、質のいいマット、そして、掛け布団が、薄手ではあるけど、ちゃんと羽毛布団だった。これは嬉しい！

木の香りのする暖かい部屋。遅い午後の傾いた太陽から、濃い金色の光が斜めに射しこむ白い窓辺。小鳥の声がした。

机の横に置かれた薄汚れたリュックを見て、

（あー……、長谷にメールしなきゃ。ラスベガスに入ったって……）

と思ったところで、俺の記憶は途切れた。


目が覚めたら、翌日の昼前だった。

「え――――っ!?」

リビングでくつろいでいた大人たちに笑われた。

「声をかけても揺すっても起きなかったぞ、お前」

「十八時間ぐらい寝てたな」

千晶と恵さんが、同じ声で言った。

後ろ頭をかいた俺の腹の虫が盛大に鳴ったので、大人どもはさらに大笑いした。

「ぐっすり寝たら、今度は腹が減る。実に健康的だ」

「若いっていいなー」

マサムネさんと古本屋には感心された。ああ、恥ずかしい。

「そんな稲葉クンに、素敵なお土産をやろう」

と言ったのは、千晶。

千晶に連れていかれたダイニングのテーブルの上に置かれていたもの。それは
……、

「梅干し！」

「秋音ちゃんからの預かりものだ。彼女の出身地は、梅の名産地なんだってな」

「そうなんだよ。秋音さんの親戚も梅を作ってて。味噌も！」

「こっちが、その味噌だ。普通の味噌と、えー……なんて言った？　金山寺《きんざんじ》味噌？

賄《まかな》いさんからは、お前に食べさせてやってくれと、レシピも預かってある」

俺は、飛び上がった。

「ベガスに来る前、お前に何かことづけるものはないかと長谷に訊ねたら、アパートに連絡を取ってくれてな」

「長谷が……」

「自分は時間がなくて会いに行けないが、これを持っていってくれと」

俺が携帯になかなか慣れないのと、旅がハードで心身ともに余裕があまりないのとで、長谷のメールへの返事が滞りがちだ。そういえば、もう三日ぐらい携帯をチェックしていない。「ベガスに行くんだって？」という、長谷からのメッセージが入っているかもしれない。

（ありがとな、長谷。お前も相当忙しいだろうに。いつも気を遣《つか》ってくれて……）

いつか、俺の時間とお前の時間が合って、世界のどこかで会えるといいな。

会いたいよ、長谷。お前に会いたい。

と、鼻の奥がツンとした俺だが、腹の虫がまた盛大に鳴った。千晶が、大笑いした。

「お前、夕飯も朝飯も食べてないもんな」

「そ、そうだった」

「さあ、米も炊けてるし。日本食パーティをするか」

「ヤッタ――――ッ!!」

俺は、また飛び上がった。

キッチンには、マサムネさんが立った。俺はその助手。

メニューは、牛肉と野菜の味噌炒め、豚肉の梅じそとスライスチーズ巻き、キャベツの梅おかか和《あ》え、豆腐の梅ダレ、野菜スティックの金山寺味噌ディップ、そして、わかめの味噌汁と、山盛りの南高梅《なんこううめ》と、キュウリの浅漬け。アメリカは日本食ブームが続いていて、米、大葉、昆布や豆腐などの食材を、手軽に買うことができる。恵さんが、ダウンタウンに買い出しに行ってくれていた。

レシピを見ながらとはいえ、マサムネさんの手際のいいこと。こんなことまでさすがだ。恵さんは、食器を出したり、酒を用意したりしている。古本屋と千晶は、椅子《いす》に座って、マサムネ母さんを子どもみたいな目で見ていた。

「マサムネさんがいると、なんもしねぇんだから」

テーブルに料理を並べながら、千晶に言ってやった。千晶は、ペロッと舌を出す。

「マサムネさんもさぁ、あんまり千晶を甘やかしちゃ……」

と言いかけて、ハタと思った。俺も、ずいぶん古本屋の世話を焼いていると。

目的地やそのルートを決めるのは古本屋なんだが、乗り物のチケットを取る、ホテルの予約や食事の世話をする、部屋や荷物の整理、洗濯は、全部俺の担当だ。

(だって、なんにもしねぇんだもん、このダメオヤジは)

なんにもせずに、「腹減ったよー」とか「洗濯物たまってきた」とか「あれはどこ？」とか言うから、やいやい言ってやらせるより、俺がやったほうが早いんだよなあ。

「わー、和食だー！　和食だ〜〜〜!!」

古本屋は、ジタバタした。

「いただきま———す!!」

全員で声を合わせた。至福の瞬間。

俺は、まず山盛りの白飯の上に南高梅をのせて、かきこんだ。

「う……くぅぅぅう〜〜〜っ!!」

梅の酸味と白飯の甘味が、脳みそを直撃する。日本人の心の琴線に触れる、故国の味！　久々に味わう待望の、そして、最高の日本食に、俺は震える思いがした。

「この梅、うまいなあ!!」

恵さんが大声を上げた。

「あんまり酸っぱくない。おいしいな」

酸っぱいものが好きなくせに、酸味に弱い千晶は嬉しそうだ。

紀州《きしゅう》南高梅は、高級梅として知られる和歌山の名産品。お手頃な値段のものから、一粒三千円なんて超高級品まであり、味も昔ながらのしょっぱいものから、薄塩やかつお味、蜂蜜《はちみつ》漬けの甘いものまで、実にたくさんの種類があるそうだ。梅の実は肉厚で、ふっくらとやわらかく、とても食べ応《ごた》えがある。

秋音ちゃんが選んでくれたのは、薄塩の梅と、かつお味がついている梅。薄塩のほうは料理への応用もきき、あっさり塩味だから、いくらでも食べられる。酸味もやわらかく、しょっぱいのが苦手の人でも大丈夫。また、かつお梅は、梅の酸味とかつお味が絶妙にマッチしてて、こちらも、これだけで白飯が何杯食えるかわからない。るり子さんレシピでは、このかつお梅の実をほぐし、さらに、またかつお節を加える。これがまた！　これをお茶漬けにすると、もう最高！　酒の肴《さかな》にも最高！

「南高梅は、うちでも食べているけど、こういうアレンジがあるのは初めて知ったよ。これからは、うちでもこうしよう」

豚肉の梅じそとスライスチーズ巻きを食べながら、マサムネさんが言った。さすが、神代《かみしろ》家では、梅干しも高級品なんだな。

「あ〜〜っ、日本人でよかったよ――――っ!!」

白飯と味噌炒めとキャベツの梅おかか和えを頬張《ほおば》って、古本屋が絶叫。

「これが、金山寺味噌か!」

金山寺味噌をつけた野菜スティックを食べた千晶が唸った。

「酒が欲しい……」

「生憎、日本酒はないが……白ワインはどうだ?」

「合うと思うよ」

恵さんとマサムネさんがうなずき合った。

「白ワインと金山寺味噌、イェッフ――――ッ!!」

古本屋が、また絶叫。

大人どもが、白ワインで乾杯している横で、俺は、ひたすらおかずと飯をかきこみ

ながら、

（ありがとう、秋音ちゃん！　ありがとう、るり子さん！　ありがとう、長谷！）

と、心の中で叫んでいた。

大人たちとうまい飯との、至福の食事タイム。妖怪アパートを思い出させる。飯を食いながらの大人たちの話は、俺の世界のいろんなドアを開けてくれた。ドアが開くたびに、俺の世界は広く、大きくなっていった。

『それは、夕士クンが、〝聞こう〟としたからだよ』

と言われたことがある。

大人の話なんて聞きたくないと思う子どもがいることは、よくわかる。俺も中学の頃はそうだった。アパートでも、賄い付きだから、否応なく大人たちと一緒になっただけで、賄い付きじゃなかったら……、俺は、部屋で一人で食べていたかもしれないんだ。

俺が、アパートの大人たちの話を聞くことができたのは、運がよかったんだ。大人たちの話が、ただの説教じゃなかったこともよかった。どの話も、興味深く聞けた。そこにあったのは、理想だけの話じゃなく、現実的で、結局は、ガキを厳しく律する話が多かったけど、それを素直に聞けたのは、大人たちの「生身から出た話」だったからだ。「お前は、失敗するなよ」「こういうことがあるから、覚悟しとけよ」「でも、なんてことないからな」……そんなエールが、こめられていた。

「お前は、三ヵ月ぶりの日本食か、稲葉？」

千晶が問うてきた。

「うん。もー、今サイコーに幸せだ」

古本屋も、激しくうなずく。日本から持っていった梅干しもマヨネーズも醤油《しょうゆ》もポン酢も、すぐに底をついたからな。

「南米じゃ、どんなものを食べたんだ？　話してくれ」

「それがさあ！」

と、話を始めると、千晶と恵さんとマサムネさんが身を乗り出してきた。

今度は、俺が大人たちに話す番だ。

世界旅行の途中なんです

かつお梅のほぐし実おかか和えを作って、お茶漬けに添えてやったら、大人たちは大喜びした。

「うまい、これ！」

千晶は、酸味に目をしょぼつかせながらも、箸《はし》を止めない。

「この酸味と旨味……たまらんな」

マサムネさんは、じっくり味わい、

「俺、飯をおかわりするなんて、何年ぶりだろう」

恵さんは、おかしそうに笑った。

「日本食バンザ――イ!!」

古本屋は、また絶叫。

俺は、満足してうなずく。

飯を食い終えた俺には、デザートにコーヒーと「チョコカップケーキ」が出された。このケーキ、アメリカじゃ一般的なお菓子で、アメリカドラマを見てるとよく出てくるものだ。

「ああ、これ！　ドラマで見たことある！」

俺は嬉しくなって、ケーキにかぶりついた。アメリカのチョコ菓子というと、頭が痛くなるほど甘いってイメージがあるけど、このカップケーキは、拍子抜けするほどあっさりしてて、チョココーティングの中のスポンジもさくっと食べやすく、何個でも食べられた。

大人たちは、かつお梅のおかか和えと金山寺味噌で白ワインを飲みながら、俺はカップケーキを食べながら、午後からずっと、これまでの旅の話に花が咲いた。

食べ物の話では、もちろんうまいものも多かったけど、話のネタとしては、やっぱりまずいものとゲテモノ料理が面白《おもしろ》いので盛り上がった。

「クイ（モルモット）とか、スルビ（ナマズ）は、見た目はグロテスクでもうまいんだよなぁ」

「でもクイなんて、姿焼きだった！　俺、モ丶ル丶モ丶ッ丶ト丶の開きなんて初めて見たよ！」

と、千晶に言ってやれば、千晶はおおげさに首を振った。

「俺、絶対そういう場所へ行けない」

「こいつは、都会でしか生きていけないから」

恵さんとマサムネさんが、揃って千晶を指さして言った。

「でも、千晶って、虫とか動物を見ても飛び上がったりしないだろ？」

「しないけど、大人の掌《てのひら》もあるゴキブリは嫌だよ」

「ナンベイオオチャバネゴキブリ！　大きさ世界一！」

古本屋が指で大きさを示して（ナンベイオオチャバネ～の体長は、十一センチもある）言うと、千晶はさらに大きく首を振った。そこへ、古本屋がたたみかける。

「虫といえば、アレはすごかったよな、夕士」

「あー、芋虫《いもむし》の串焼きね」

大人三人から、いっせいにブーイングが起きる。

「やめろー。酒がまずくなる！」

「お前、食ったのか、ソレ？」

千晶にものすごく嫌そうな顔をされながら、俺は胸を張った。

「食いましたとも！　何事も経験ですから!!」

その芋虫はスーリという、ナンベイオオゾウムシの幼虫。椰子《やし》の葉を食う害虫だ。こんがりキツネ色に焼けた、カブトムシの幼虫のような姿焼きの味は……チーズっぽい。

「やめろ～!!　チーズが食えなくなる！」

千晶が大声を上げた。一同大爆笑。

「これぐらい若いうちから世界を見るなんて、いい体験してるよ、夕士は」

そう言って、恵さんがうなずく。

「千晶センセもマサムネさんも、学生時代ヨーロッパじゅうを遊び歩いたって、夕士から聞いたよ。そういやあ、ラスベガスで一発当てたんだった！」

と、古本屋が言うと、恵さんは首を振った。

「こいつらは、本当に遊び歩いただけだからな～」

千晶とマサムネさんは、揃って肩をすくめた。

千晶たち（千晶、マサムネさん、スティングレー、ビアンキ、シン、美那子《みなこ》・ヴィーナス）が、スティングレーの案内でアメリカに遊びに来ていた時（スティングレーは、アメリカ出身）、マサムネさんが二十一歳になったので、そのバースデー記念に、じゃあ、ラスベガスでギャンブルをしようということになり（ラスベガスでは、ギャンブルは二十一歳からしかできない）、みんなで出し合った金でマサムネさんがスロットをしたら、なんと三億円を超える大当たりが出た。千晶たちはその金でヨーロッパに渡り、モナコの社交界からローマの場末の酒場まで遊び歩いたという。

「でかい当たりが来るのは、やっぱりスロットだからな。ルーレットもカードも、そうはいかない」

ギャンブラーの恵さんが言った。マサムネさんが当てた三億円超えは、スロットの大当たり《ジャックポット》では少額なほうで、でかいのは三十億円を超えるそうだ。途方もないぜ。そんな大金が当たったら、人生狂っちまう。

「お前にもチャンスはあるんだよ、夕士」

と、古本屋は言ったが、

「俺、まだ十九だぜ？」

「あっ、そおかー！」

「ベガスじゃ、カジノに入ることも禁止だ」

恵さんが笑った。

「まぁ、いいけどー。南米でひととおりのことはやってきたからー」

にやつく古本屋の前に手を出して、苦笑いの千晶が言った。

「それ以上は話さなくて結構です、古本屋さん」

リマやブエノスアイレスの裏通りのうさんくさい安酒場で、地元のおっさんらに交じって酒や博打をやった。当然未成年の飲酒で、当然違法賭博で、教師の千晶には聞かせられない。でも、おっさんらと話もよく通じないのに意気投合して、酒を差し合いながらゲラゲラ笑って、賭けに負けたのに、お前の分は返してやると言われて、酒代も無料《ただ》にしてもらって、お互いの国歌を歌い合って……いい夜だった。

「発表していいものだけでいいから、もっとブログに記事を上げろよ」

千晶に言われて、俺は頭をかいた。

「記事を上げるのが、全然間に合わなくて……。まだ上げてない写真もいっぱいでさ」

「あれ、よかったよ。ウユニ塩湖の写真」

コーヒーを優雅に飲みながら、マサムネさんがほめてくれた。

「あー、あれ、俺がモデル。俺が。えへへ〜♪」

古本屋が、小学生のようにハイハイと手を挙げた。

ボリビア、ウユニ塩湖。

標高三千七百メートルにある、総面積一万二千㎢の、広大な塩の湖。その見渡す限り真っ白の景色は、寒冷地だけに本当に雪原にいるように思える。俺が行った時は、乾期と雨期の狭間《はざま》で、純白の平原と、一面にうっすらと水が張り、青空を映した「天空の鏡」の両方を見ることができた。そこに展開する朝の風景、昼の風景、夜の風景の美しさはどれもたとえようもなく、俺は、何度棒立ちになったかしれない。

そこで俺が写した写真に、古本屋をモデルにしたものがある。空も大地も燃えるような夕焼けの中で、影になった古本屋が、煙草《たばこ》の煙をくゆらせながら立っている。その黒々としたシルエットの、茶髪の一番外側と、丸眼鏡の上側の縁だけが、金色に光っているんだ。渋くて、美しくて、どこか切ない、いい写真になった。

ブログにアップされたこの写真は、反響がすごかった。古本屋は「カッコイイ！」と絶賛され、ご満悦だった。

「マチュピチュの写真もよかったな。霧が出ていて、とても神秘的だった」

「早く、イグアスの写真が見たいね」

俺の、素人が書く旅行記を、楽しみにしてくれている人たちがいて、ちょっと照れくさくて、でも嬉しかった。ベガスじゃ、ゆっくりできるみたいだし、がんばってブログを更新しよう。

「今日もまた、写真も記事もたくさん増えそうだしな」

千晶が、ウインクする。

「ニューイヤーカウントダウンだぜ、稲葉」

「そうだった。今日は、大晦日……！」

ニューイヤーカウントダウンなんて初めてで、一気にワクワクしてきた。

「よし。そろそろ行くか。混雑する前にホテルに入らなきゃな」

恵さんが立ち上がる。

「よ、用意してきまっス！」

俺は、二階へ駆け上がった。

バッグをさぐって、デジカメとメモ帳と財布と携帯……。

（日本は今、何時だっけ？　メールも……、今日はするヒマ、あるかなぁ？）

チカチカと「着信あり」のライトが点滅している。

メールをチェックすると、何件かのメールに交じって、長谷からのメールがあった。それだけを開く。

『千晶先生に、アパートからの贈り物をことづける。これで旅の疲れを取ってくれ』

着信は、二日前。いつものように、簡潔な文章。

（礼を言わなきゃ……。でも、今は時間がない）

俺は、携帯をポケットに突っこんで、部屋を出た。


ダウンタウン、午後五時。

フリーモントストリートには、もう人があふれかえっていて、警官の数も多いし、街中が騒然としていた。観光客らしい団体も、あちこちで見かけた。

ここ、フリーモントストリートは、通りのアーケードに映し出される「フリーモントストリート・エクスペリエンス」という電飾ショーで有名な場所だ。日没後一時間おきに、音楽と光と映像のショーが催される。カウントダウンも、この通りで行われる。

「カウントダウンは、ストリップ通りでもやるけど、ダウンタウンのほうが面白いかな」

恵さんの知り合いが主催するカウントダウンパーティがあるというので、ダウンタウンにあるホテルに入る。

二十一歳に満たない俺は、本当はカジノに入るのもダメなんだけど、ラスベガスのほとんどのホテルは、一階にカジノがあるところが多いので、ホテル内のどこへ行くにもカジノを通らねばならない。しかもこの日は、人が多くて、カジノ内も超盛り上がってて、監視員の目も届きそうになかった。それでも、

「はい、夕士くんは、これを付けて〜」

と、恵さんに、「付け髭《ひげ》」を鼻の下に付けられた。古本屋たち、大笑い。

「似合うよ、夕士〜〜〜!!」

「お前、もともとちょっと老けてるもんなあ！」

悪かったな、老け顔で。苦労してるんだよ。

「まぁ、口髭があるからって、二十一歳以上確定ってことはないけども、気は心ってとこかな」

そう言いながら、サングラスを外した恵さんに驚いた。

「千晶とそっくり!!」

俺は、思わず二人を指さしてしまった。六歳も違うのに、まるで双子みたいに似ていたからだ。

「うちは、兄弟三人ともよく似ててね。両親もよく間違うよ」

恵さんは、薄い色のサングラスにかけかえた。

「声も似ているから、兄弟でしゃべっているのを聞くと、落語みたいだよ」

そう言って、マサムネさんが笑った。確かに。恵さんに「稲葉」と呼ばれたら、千晶だと勘違いするだろうな。サングラスなしの顔なら、なおさらだ。

初めて見る、本場のカジノ。

平日はそう混雑しないらしいけど、今日は特別な日だ。どのスロット、どのカードテーブル、どのルーレット台も人でいっぱいで、ビートの効いた音楽がガンガンかかってて、ダイスのテーブルの上で、カウガール姿の踊り子が踊っている。スロットのライトやいろんな照明があちこちで赤や青にギラギラ光り、いつもよりテンションが高い客たちが、ルーレットの当たりが決まるたびに、ダイスの目が出るたびに、わぁわぁ、きゃあきゃあ騒いでいる。俺も興奮した。

「ふぉ〜、ポーカーテーブルとかディーラーとか、映画やドラマで見たまんまだ〜〜〜！」

「スロットでもやってみっか？」

古本屋に、十ドル札を渡された。適当なスロットに座ってみる。

「あれ？　スロットって、レバーを引くんじゃないのか？」

と言うと、恵さんが笑った。

「古いなぁ、夕士。今は、すべてコンピューター制御だぜ。まぁ、レバーを引くタイプのものもあるけど」

スロットって、レバーを引いてドラムを動かし、同じ絵や数字が並ぶよう目押しする（自分の狙った図柄が止まるタイミングでボタンを押す）もんだと思ってたけど、それは、今は昔の話なんだそうだ。今は、ドラムを動かすスイッチを押すだけ。

「風情がないよな～」

古本屋がため息をつく。

「風情がないといえば、今はコインも扱わないから、二十五セント硬貨を何百枚も一気吐き出し、なんて光景もなくなったね」

恵さんが肩をすくめた。

「ええっ、そうなんスか？」

「面白くなーい」

「ほら、このスロットの場合……」

と、恵さんが解説してくれた。

「二十五セントと、五十セントと、一ドルのボタンがあるだろう。たとえば一ドル入れると、それぞれ、四回、二回、一回、ドラムを回すことができるんだ」

「あー、なるほど。コースが選択できるんスね」

料金の投入口は、札用のものしかなく、コイン用はない。また、返金口も、札用のものしかない。

「じゃ、コインはどうやって返金されるんスか？」

「金券《チケット》だよ」

「金券《チケット》？」

恵さんは、実際にやってみせてくれた。十ドル札をスロットに差し入れる。

「十ドルで、二十五セントコースを選んでみる。ボタンを押して」

俺は、二十五セントのボタンを押した。ドラムが動き、自動的に止まる。なるほど、「すべてコンピューター制御」ね。

「で、ここでゲームをやめると、九ドル七十五セントが返金される。〝換金ボタン〟を押して」

換金ボタンを押すと、返金口からピラ～ッと、細長い白い紙が出てきた。＄9・75と書かれていた。

「これが、金券《チケット》。つまり、金券さ」

「あー、なるほど！」

俺と千晶とマサムネさんが声を揃えた。

「金券だから、これでスロットがやれる。続きがしたかったら、これをスロットに入れればいい」

「そういうことか」

俺は、白い、ペラい紙を見つめた。

「昔が懐かしいなぁ、マサムネ」

「あの頃は、現金商売だったな」

千晶とマサムネさんが笑い合う。

昔は、ドラムを自分のタイミングで止めることができた。だから、動体視力のいい奴は有利だ。マサムネさんが三億円を当てたのも、それによるところが大きいだろう。

「今は不景気だからか、あんまり〝大当たり《ジャックポット》のベル〟も聞こえないけど、昔はよくあちこちで鳴ってたもんだよ。硬貨の一気吐き出しも見た。やっぱりテンション上がるよな、あれは」

と、千晶は言う。

硬貨を扱う手間を省くため、スロットは金券式のコンピューター制御になった。今は、返金が二十五セントでも三億円でも、ペラい紙切れ一枚だ。確かに、風情はなくなってしまった。

「まぁ、俺たちが三億を当てた時も、二十五セント硬貨が一気に吐き出されたわけじゃないがね」

マサムネさんが笑った。三億円が二十五セント硬貨で出てきたら、人が埋まってしまう。

「残りもやっちゃいな」

古本屋に促《うなが》されて、俺は金券をスロットに差し入れた。十ドルぐらいだと、増えたり減ったりしながら、三十分程度遊ぶことができるという。俺はさっさと終わらせたいから、一ドルコースを選び、横の真ん中のライン一本だけじゃなく、その上下のラインと、斜めも同時に賭けるやり方を選んだ。これだと、ライン一本に賭けるより当たる確率が高い。他に「ＭＡＸボタン」といって、ラインの数×賭け金とか、いろいろあるけど、それはパス。

ぽんと、最初のボタンを押す。ドラムが回り、斜めが揃って止まり、表示された手持ちの金がちょっと上がる。二回目は、各ラインともバラバラで、金額が減った。そして、三回目に、それはいきなり来た。

カシャ、カシャ、カシャというふうに、ＢＡＲの図柄が揃う。上下二本と斜め。

「オッ……！」

と、最初に声を上げたのは、恵さん。

スロットに表示されている数字が、一気に上がる。

「オオーッ！」

と、千晶たちも声を上げたが、当たりのベルも鳴らないし、横を通る客たちは「どうせたいした額じゃないだろ」というふうに、あまり気に止めていなかった。そのとおりなんだが、俺は、

「スゲ――――ッ！　二百五十ドルにもなった!!」

と、飛び上がって大声を上げそうになり、古本屋に後ろから羽交《はが》い締めにされ、口をふさがれた。そうだった。未成年の違法賭博だった。目立ってはいけない。

恵さんが、おかしそうに笑った。

「どうする？　もっと続けるか？」

「いえ！　換金しまっス!!」

即答の俺。千晶とマサムネさんが大笑いした。

「それでいい。お前らしくていいよ、稲葉」

古本屋が、換金に行ってくれた。

「十ドルは返してもらうぞ」

二百四十ドルを手渡される。

「うス！　あざっス！」

一ドル百円として、二万四千円程度だけど、初めてギャンブルで勝って嬉しかった。

すごくいい気分で、ホテル上階のパーティ会場へ。


パーティ会場には、もうだいぶ人が集まっていた。ここでしばらく過ごして、午前零時の三十分前に通りに出る予定になっている。

「メグ〜！」

主催者らしい紳士が、俺たちを迎えてくれた。ホストは正装だけど、参加者の服装はバラバラ。ドレス姿もいれば、Tシャツにジーパン姿もいる。俺もセーターとジーパンだ。

「お招き、ありがとう、トニー。ナオミは知ってるな」

「ナオ〜ミ、久しぶりだね」

千晶は、トニーに抱きこまれた。身体の大きなトニーの前じゃ、子どもみたいだった。

「こっちは友人の、マサムネ、ユーシ、古本……」

「タローだ。タロー・ヤマダ」

古本屋はそう名乗って、トニーと握手した。

そうなんだ。

日本を出国する時に、ハッと気づいたことなんだが、

『古本屋のパスポートの名前って、どうなってんの？　本名は何？』

で、パスポートを見せてもらったところ、「山田太郎」になっていた。

『これって、絶対偽名だよな⁉』

と言う俺に、

『偽名だよ』

と、実にあっさりと返す古本屋。さらに、

『俺、他に十冊ぐらいパスポート持ってるんだ〜♪』

とぬかした。正体は、明かしてくれそうにない。もっとも、これは、秋音ちゃん言うところの「術師は本名を伏せるもの」なんだろう。

「みんなようこそ。楽しんでいってくれ。まずはこれをどうぞ」

トニーがみんなに配ったのは、ビキニ姿の女性の首から下を模した、長さ五十センチもあるカップと、HAPPY NEW YEAR の文字をかたどったカチューシャや眼鏡。それを付けたお互いを指さして、みんな大笑い。

「イヤー、盛り上がってきたなー！」

「祝新年カチューシャ」を付けて、古本屋は楽しそうに食べ物を取りに行った。

「ここは、食べ物がうまいから安心してくれ。トニーがこだわっててね」

恵さんが言った。

「アメリカに限ったことじゃないけど、観光地ってのは、レストラン選びが大変だからな。日本からベガスに遊びに来た友人によく言われるよ。肉は固いし、味つけは大雑把、量だけがやたら多くて、日本食は出汁《だし》が取れてない。最後は、もうマクドナルドでいいんじゃないかと思ったってな」

「ハハハハハ」

「確かに」

千晶とマサムネさんも同意する。

「一番安心なのは、ホテルのビュッフェだ」

と、恵さんが太鼓判を押したので、千晶と一緒に、食べ物を取りに行った。このパーティはビュッフェスタイルで、肉、魚、サラダの他、寿司と中華が揃っている。

「あ、寿司、うまい！」

サーモンの握りは、日本で食べるものと遜色なかった。

「アメリカの都市は、どこでも日本食と中華はある。ただし、中華に比べて日本食のうまいところは、極端に少ないんだ」

「それはなんで？」

「出汁を取らないからさ。出汁を取るっていう概念が、アメリカ人にはないんだろうな。だから、イタリアンもフレンチも、アメリカ人が作るとまずい」

中華料理がどこでもうまいのは、中華料理は、世界じゅうどこにでもいる中国人が作るからだ。日本食やイタリアンやフレンチを、その国出身の（あるいは、その国の伝統を受け継いでいる）シェフがきちっと作っている店は、特に観光地なんかじゃ、見つけるのは難しい。そこらへんの店じゃ、うまいものは、まず出てこない。「ジャパニーズ」も「イタリアン」も看板だけ、なんだそうだ。これは千晶の持論だが、恵さんもうなずいてた。

「ホテルの一階にある和食やイタリアンの店で食べてみろ。よくわかるぞ」

千晶は、面白そうに笑った。

まぁ、世界じゅうどこだって、料理人が適当に料理している店は、まずいんだ。観光地だから、ほっといても客が入るってことに胡座《あぐら》をかいているような店は、中華料理だってまずい。日本だって、これ絶対出汁を取ってないだろって味噌汁を、平気で出してくるような店はあるもんな。

ビキニカップに、クランベリーソーダを入れてもらい、俺は大きなステーキと山盛りサラダと、サーモンとまぐろの握りと、五目チャーハンと回鍋肉《ホイコーロー》を食った。デザートには、ミニケーキが十種類用意されていて、それも端から食っていった。

ミラーボールでキラキラする会場には生バンドが入って、その演奏でみんなが踊り、騒ぎ、テンションは、時間が進むにつれ、だんだん上がっていった。恵さんや千晶のもとへは次々と知人が訪れ、女たちは、恵さんと千晶とマサムネさんをダンスに誘う。

「夕士〜、食ってばっかいねぇで、ちょっとは踊ってこい」

「いや、このミニケーキがうまくて……。あんたこそ、古本屋さん」

「俺は、もう一踊りしてきた〜。ブルネットのキャシーちゃんと」

と、派手なキスマークの付いた右頬を見せる。素早い。

ちゃんと女性をリードしている千晶たちを見て、俺は言った。

「でも、俺、踊れないんだよな」

ダンスは、体育祭でのフォークダンスしかやったことがない。南米でも、宴会のたびにおっさんやおばちゃんたちと歌い、踊ったけど、あれはちゃんとしたダンスじゃなかったし。

「踊らなくてもいいんだよ。ゆれてるだけでいいんだ。ホレ、ゆれてこい！」

「ええ？　ほんとスか？」

古本屋に押されて、俺はフロアで踊っている人の群れに入っていった。すると、一人の金髪の女性と目が合った。女性はニコッと笑うと、すぐに寄ってきてくれた。

「一緒に踊ろう」と、身体で表現してくる。

「あ、I don't know how to dance.（踊り方知らなくて）」

「That's OK. Don't worry about it.（気にしない、気にしない）」

金髪の女性ジョイスは、俺の両手を取ってリードしてくれた。

ミラーボールの光が、煌《きら》めきながら人々を照らしている。刻々と迫ってくるカウントダウンに、会場は熱気がむんむんとして、みんなの「盛り上がるぞ、盛り上がるぞ」という心の叫びが聞こえてきそうだった。

この頃は、日本でもカウントダウンイベントが多いけど、日本人は、正月は静かに迎えるというのが伝統だ。アパートじゃ、大晦日からずっとエンドレス宴会だから静かとは言いがたいけど、カウントダウンはしない。テレビで午前零時が過ぎるのを見て、「明けましておめでとう」と言い合い、宴会の続きをやる。

千晶たちが、こっちを見て笑っている。古本屋は、親指を立てている。

(イヤ、そんないいもんじゃないからね！　足を踏まないよう、必死だからね、俺！)

ラスベガスと日本の時差って、どれぐらいだったっけ？

アパートのみんなは、どうしているだろう？　長谷は来ているのかな？

金髪の美女に手を取られてダンスをするという、極めてアメリカンな大晦日を過ごしながら、俺の頭の中は、妖怪アパートのことでいっぱいだった。

ビバ！　ラスベガス!!

午後十一時半。ホテルの前の通りへみんなと出ていく。

そこは、来た時よりもすごい人と音楽と光であふれかえっていた。いろんなコスプレをしている人々、ニューイヤーカチューシャや眼鏡やシャツを身につけている人々、地元の人、観光客、警官たちを、フリーモントのド派手な電飾が極彩色《ごくさいしき》に照らす。カメラを向けると、みんな笑顔で手を振ってくれた。

午後十一時四十五分。通りの真ん中に設置された壇上に、市長登場。市長が、

「みんなー、カウントダウンの準備はいいか――い！」

と叫ぶと、みんなも「Yeah――!!」と叫び返す。ニューイヤーグッズには笛もあって、それらがあちこちで吹き鳴らされている。

音楽が、ロックから重厚でドラマチックなものに変わった。フリーモントのアーケ

ードスクリーンには、アメリカでの今年一年の様子が映し出された。印象的な事件や事故、スポーツニュース、政治家の様子、自然。どよめきや拍手が起こる。

　そして、音楽がまたロック調に変わった。カウントダウンに入ったようだ。悲鳴や絶叫があがる。スクリーンには時計の映像が出てきた。ニューイヤーまで、あと四十五秒。

「キタキタ――ッ！」

　まわりの絶叫と音楽に負けじと、古本屋が叫ぶ。

　俺は、隣にいる千晶を見た。千晶は、ほんの少し下から俺を見上げて、笑った。そして叫んだ。

「こんな年越しも、たまには悪くないだろ――っ！　俺も、新年は静かに迎える派だけどな――っ！」

「アハハハ！」

　俺は、千晶を抱いて笑った。

　アパートの正月は恋しいけど、今を楽しまなきゃ、損だよな。せっかく、ここにいるんだから。

「……8《エイト》、7《セブン》、6《シックス》、5」

俺も、みんなと声を揃えた。

「……3《スリー》、2、1《ワン》……」

「Happy New Year――!!」

歓声、笛の音。そして、花火の映像がスクリーンいっぱいに映される。ものすごい花火の音と音楽と光の洪水。

「スゲ――ッ!!」

「明けましておめでとう！」

「おめでとうございます！」

俺たちは、お辞儀し合った。

まさか、ラスベガスで新年を迎えるとは思っていなかった俺、明けましておめでとう！

「ユーシ！」

すぐ近くに、ジョイスがいた。

「ジョイ……」

グイ！ と、俺はすごい勢いでジョイスにヘッドロックされ、両頬にキスされた。

「Happy New Year !!」

「は、Happy New Year!」

「ユーシクン！ Happy New Year!」

次に、古本屋に抱きつかれ、キスされた。

「髭が痛ぇ!!」

「千晶センセ、Happy New Year!」

と言いつつ、千晶に抱きつこうとする古本屋を阻止する。

古本屋が浮かれるのも無理はないくらい、まわりはもう大騒ぎだ。花火の光と音楽の渦《うず》の中、皆、踊り、抱き合い、笑っている。ストリップ通りでも、カウントダウンは行われ、通りに並んだ各ホテルの屋上から、花火が打ち上げられたという。これぞ、アメリカ。これぞ、ラスベガスって感じの年越しだ。とにかく、写真を撮りまくる。

通りすがりにキスしてくる女がいたり、ハイタッチしてくる奴らがいたり、記念撮影をする奴らがいたりと、浮かれる人々に揉まれながら、通りには、三十〜四十分いただろうか。俺たちは、ホテルに引きあげた。

「道が混むんでね、しばらくは帰れない」

と言う恵さんが案内してくれたのは、ホテルの最上階のスイート。トニー主催のニューイヤーパーティは、場所をスイートに移してまだまだ続くのだった。

スイートルームは、数室の小部屋に分かれていて、ソファもたくさん置かれていて、落ち着いてくつろげた。音楽の音量は、やや小さめ。助かった。いろんな音がすごくて、耳が痛かったから。テーブルには軽食とシャンパンなどが用意されていた。

「は～～～っ」

ソファに深く腰かけ、やっと落ち着いて、ため息。

「どうだった、初めてのラスベガスのカウントダウンイベントは？」

千晶が訊いてきた。

「さすが、ラスベガス。としか言いようがないよ。規模といい、みんなの盛り上がり方といい。日本でもカウントダウンイベントはやってるだろうけど、こっちの人のテンションの高さには敵わない気がする。国民性の違いだよな～」

「だな」

「でも、よかった。本場のものを見るということのすごさは、この三ヵ月で、嫌というほどよくわかったからさ」

俺がそう言うと、千晶は嬉しそうに、優しく微笑んだ。

「じゃあ、北米《ここ》でも、本場のものをたくさん見なきゃな」

千晶はそう言ってから、トニーを呼び止めた。

「シルク・ドゥ・ソレイユのチケットを手配してくれるか、トニー？　『オー』がいい。いい席で頼むよ」

なんとも軽くお願いする千晶。対してトニーも、

「『カー』じゃなくて、『オー』だな。OK、任せろ」

と、実に軽く返してきた。

シルク・ドゥ・ソレイユって、超有名なパフォーマンス集団で、チケットが取りにくいことでも有名なんだろ？　それを軽いやりとりであんたら……どんなセレブ会話だ。

「シルク・ドゥ・ソレイユの『オー』……」

千晶がうなずく。

「彼らのショーは世界じゅうで見られるけど、ここラスベガスでの公演が最高なんだ。本場で、本物を見る。これがすごいんだろ、稲葉？　ベガスじゃ、世界最高のショーが、それだ。たくさん見ていくといい。マジックショーも、ストリップもあるぞ。あ、お前は入れないか」

俺たちは、笑い合った。本場のストリップショー……見てみたいもんだ。

「あと、グランドキャニオンな」

「あ、そうだった。近いんだよな」

ラスベガス観光といえば、グランドキャニオンは外せない。

「ベガスから、二時間くらいで行ける。夏なら、十日ほどかけてコロラド川を下るキャンプツアーなんかお前向きだが、それはまた、次にやればいい。とりあえず、あの景色を見ておこう」

「うん……！」

うなずく俺の髪を、古本屋がグシャグシャッとかき回した。

「何ウットリ千晶センセを見つめてんの、夕士クンってば！」

「ちげーよ！　古本屋さんも、これぐらい優しく明確に、どこそこへ行こうって言ってくれたらなーって思ってたんだよ！」

古本屋は、首を振った。

「俺の信条は、〝旅はいつでもミステリー&サスペンス〟だからな！」

「ミステリーはいいとして、なんでサスペンスなんだよ！」

俺たちは、道路の渋滞が緩和されるのを待って、ホテルで朝五時頃までしゃべっていた。

「エッ、千晶、ファーストクラスで来たのかっ？」

と、俺は仰天したけど、千晶は、何を言ってるんだ？　みたいな顔をした。

「当然だろう？」

「当然だろって……」

「日本から乗り換えのサンフランシスコまで、最低でも八時間も乗ってるのに、エコノミーなんてごめんだぞ」

千晶は、おおげさに肩をすくめた。このセレブ野郎。

「ファーストクラスって、どんなふうにすごいの？」

古本屋が、興味深そうに訊ねた。こいつも乗ったことないのか。あれだけ世界じゅう飛び回っていながら。

マサムネさんが答えた。

「航空会社によって違うけど、俺たちが乗ってきた飛行機は、座席は個室のように区切られててね、座席に専任のＣＡ《キャビンアテンダント》がいる。リクライニングは、寝る時は完全にフラットになるんだ。ベッドメイキングは、もちろんＣＡがやってくれる。パジャマとカーディガンが用意されていて、トイレにはチェンジングボードがあって、そこで着替えられるようになってる」

「はぁ～……」

あと、食器はすべてガラスと陶器だとか、食事が、アミューズ（お通し）、前菜、サラダ、メイン、デザートと、きちんと分かれて出てくるとか、そもそもファーストクラスは、受付カウンターから、エコノミーとは場所も設備も全然違うんだ。待合室は「ラウンジ」になっていて、ソファがあり、食べ物はスナックからメインまで食べ放題、酒も飲み放題、シャワーも付いてて……、さすが、料金が片道百万円を軽く超えるだけある。

それにしても、座席が完全にフラットになるというのはいいなぁ。エコノミーとは、疲れ方がまったく違うぞ。てゆーか、ファーストクラスに乗ってたら、疲れないんじゃないかと思う。

「うらやましい……俺も乗りたいな〜、ファーストクラス。乗っちゃダメ？　いっぺんでいいから」

と、言ったのは、古本屋。

「……却下！」

と、言ったのは、俺。飛行機のチケットを買いに行くのは俺だから。

ファーストクラスなんてのは、セレブが乗るものなんだ。俺たちは、エコノミーか、いいとこビジネスでいいんだ（ビジネス料金だって、エコノミーの二倍近くはする）。

南米で、俺が射撃を体験した話になった。

「お、射撃をしたのか。どうだった？」

千晶もマサムネさんも恵さんも、大人たちは若い頃に射撃は体験済みだ。

「想像以上に疲れた」

と言うと、大人たちは笑った。

条東商《じょうとうしょう》三年の夏休みに起きた、宝石強盗事件。

あの時、俺は生まれて初めて銃を手にした。幸いにも、俺がそれを撃つことはなかったし、事件に巻きこまれた千晶も、田代ら姦し娘も、撃たれることはなかった。だが、撃つ気のある奴に銃口を向けられた時の恐怖と緊張は、今も忘れられない。

でも、だから、もう二度と銃なんて見るのも嫌だ、じゃなくて。

古本屋に、

『銃を撃てるぞ、夕士。撃ってみるか？』

と訊かれた時、俺は、銃とちゃんと向き合おうと思ったんだ。

ブエノスアイレスの、古本屋の知り合いのエスタンシア（牧場）で、十メートルほど先の木箱の上に並べられた瓶めがけ、いろんな銃を撃たせてもらった。

「俺、まだいちおう子どもだから、軽い銃を渡されると思ってたんだよ。撃った時の音が、パン！　って感じの……二十二口径ぐらいの？」

ところが、牧場主がニコニコしながら手渡してくれた銃を撃ってみたら、ドン！

と、すごい衝撃が来た。なんというか、筋肉が震えるみたいな。

その銃は、三十八口径のシグザウエルだった。ドイツのハンドガンだ。三十八口径なんて、警官が持ってるのと同じじゃん！　装弾数は、九ミリ仕様でマガジン内に十五発もあって、全弾撃ち終えると、緊張でドッと疲れた。なのに、牧場主は明るく、軽〜く、

『One more!（もう一本いっとこう！）』

と、銃のマガジンを交換した。

「銃も弾も本物だからさ、引き金を引く時、すごく緊張したんだ。変なとこを撃ったらどうしようって。手に汗かくし、銃がすべりそうで怖かったよ」

ハンドガンの次は、ライフルを渡された。アメリカ軍が採用しているM４アサルト・カービン（単射と連射が切り替えられるタイプ）。

銃を支える肩と、スコープを覗《のぞ》く時に銃に当たる顎《あご》に、これまたすごい衝撃が来た。顎に来る衝撃で、俺は口の内側を切ってしまったくらいだ。レーザー照準だから、俺みたいなド素人でも、けっこう標的に当たるのが怖かった。

「あ、これなら、俺でも人を殺せると思ったよ。それが、怖かった」

俺がそう言うと、大人たちは揃ってうなずいた。

「で、連射になったら、引き金を引くだけで、ダダダダダ！　って弾が出るだろ。

俺、ギャ――ッて叫んじゃったよ」

「ハハハハ」

広大な牧場に、銃声が響く。近くの木から、鳥たちが逃げてゆく。

粉々になった標的の瓶を見て、身体じゅうに残る衝撃を感じて、汗の引かない掌を握って、俺は思った。

「俺さぁ……、こんなこと考えるのはどうかとも思うんだけど……」

と、前置きをする。

「日本の若い奴らに、体験させたいなぁって。高校生あたりに……」

千晶が、少し身を乗り出した。

「興味深い意見だな。それは、どうしてだ？」

「日本の社会に銃はいらないよ、もちろん。でも、〝これが、武器だ〟っていうのを知るのは、悪いことじゃないかもしれないって感じたんだ」

銃を、実弾を撃って、

俺は、怖かった。

これが、時には人の命を奪うものなのだと、実感した。

そう感じた時の、なんとも言いがたい緊張。胸がつまるような違和感。

ハンドガンを何十発ぶっ放しても、ライフルを何十発連射しても、俺は、とても「爽快な気分」にはなれなかった。

だが、銃に代表される「武器」が、日本を含めた世界じゅうに現実にあることは確かで。

これを、生活に役立てている者もいて。

これで、身を守っている者もいる。

一口に「絶対なくそう」とか「絶対反対」なんて言えない。

そのうえで、実際に銃を撃った俺は思った。

日本が、一般社会に銃のない国でよかった、と。

少なくとも、俺にはとても銃は扱えない、と。

「武器というものを経験したうえでの、その結論か。重みがあるな」

と、マサムネさんが静かに言った。

「そりゃあ、武器ってやっぱカッケーって思う奴もいると思うけど、きっと大半の若い奴は、俺と同じなんじゃないかと思うんだ。やっぱり、武器は無理って。そのうえで、武器には反対しますって言うのって、なんにも知らないくせに、やたら反対反対ばっかり言う奴らの意見とは違ってくると思う」

「そうだな」

千晶もうなずいた。俺は思わず、

「あんたと青木大先生様との違いみたいに……」

と言いそうになるのをこらえた。

あの先生も、今ごろどうしてるんだろう？　今年は、一年生のクラスの副担をしているらしいが。相変わらず、血肉のあまりともなってないことを言っては、俺みたいな奴の反感を買っているんだろうか（稲葉くんは、両親がいないというハンデのある、金銭的、精神的に余裕のない子どもだから、みんな優しくしてあげましょうね、なんてほざいたことは、一生忘れねぇからな）。

元旦、五時半。やっと恵さん家《ち》へ帰ってきて、寝た。

寝る前に、長谷にメールを打った。

『ラスベガスは年が明けたよ。ハッピーニューイヤー。梅干し、最高にうまかった。ありがとう。今年もよろしく』


昼前に起き出すと、大人たちは、まだ誰も起きていなかった。

メイドさんが「ランチを召し上がりますか？」と訊いてくれたので、作ってもらった。ハムとチーズと野菜のサンドイッチと、ピーナツバターのサンドイッチ。山盛りのフライドポテト。コーヒーはポットで。

「ピーナツバターのサンドイッチってとこが、アメリカらしくていいね」

サンドイッチとポテトを頰張りながら、新聞を一生懸命読んだ（英語だから）。

昼を過ぎて、大人たちがぼちぼち起き出してきて、あとは夜までダラダラ過ごした。長旅の疲れが残っている俺は、ジャグジーにゆっくり浸《つ》かって、早めにベッドに横になりながら、ラスベガスも、正月は静かなんだなと思った……が。

翌日、一月二日。

朝、十時頃起きると、家の中がざわめいていた。一階へ下りていくと、業者らしい人間が大勢いて、荷物を運びこんでいる。たくさんの風船、赤や緑や金銀のテープ。大量の酒類と食料、それをテーブルセッティングしている女性スタッフ。プールのまわりにもスタッフらしい人間が何人かいて、プールの水を入れ替えていた。恵さんが、それを監督しているようだった。

「お。おはよう、夕士くん」

リビングの隅っこで、マサムネさんが新聞を読んでいた。

「マサムネさん、何事スか、これ？　あ、おはようございます」

「メグミが主催するニューイヤーパーティだそうだ」

「ここで？」

欧米じゃ、ホームパーティというのは、ごくごく一般的に行われるけど、

「ホームパーティにしては、規模が大きいんじゃないスか？」

運びこまれる荷物とスタッフの多さが、それを物語る。マサムネさんが、クスクスと笑った。

「メグミクラスの金持ちになると、パーティのランクもグッと違ってくるのが、アメ

リカだ。昼からのパーティの様子を見て、君はきっと、開いた口がふさがらないと思うぞ」

「は、はぁ……？」

マサムネさんが、笑いながら言ったとおりだった。

午後から始まった、恵さん主催のニューイヤー・ホームパーティは、日本人の「ホームパーティ」の概念をはるかに超える、すごいものだった。

まず、家じゅうの部屋がリボンで飾られ、風船が何十個も浮かび（ちょっと邪魔）、あちこちのテーブルには軽食と酒がセッティングされている。ゲストは、好きな場所でくつろぐことができる。ここまでは、ありとしよう。

驚いたのは、プールの横にセッティングされたステージに、生バンドが来たこと。彼らは、休憩をはさみながら、夜までずっとロックやバラードを演奏した。もちろん、恵さんの友だち……なんて素人バンドじゃなく、こういうパーティ専門のプロのミュージシャンだ。

そして、ド肝を抜かれたのは……、

「ハァ～イ♪」

と、ゾロゾロと現れたビキニ姿の美女二十人ぐらい。

ゲスト？　と思いきや、これがまた、パーティ用の「派遣美女」なんだそうだ。彼女たちは、温水プールに、色とりどりのビーチボールとともに投入された。ゲストは、キャッキャと水遊びをする美女たちを眺めてもよし、プールに入って、彼女たちと戯《たわむ》れることもできるという。

生バンドがロックを演奏する中、真冬のプールで、ビーチボールを投げ合う美女たち。目が合うと、投げキッスをしたり、おいでおいでと手招きをする……。

「なんだ、コレ……。これが、ホームパーティ？」

俺は、口をあんぐりさせるしかなかった。マサムネさんの言うとおりになった。

「これぞ、酒池肉林ってやつだな！」

楽しそうに叫ぶのは、古本屋。

「さすが、アメリカンセレブのパーティは違うなぁ、オイ！」

ゲストも次々やってきて、皆これぐらい当然というように、楽しんでいる。さっそく、美女のプールへ飛びこむ奴もいた。

「これでも、お前がいるからひかえ目な演出にしたんだそうだぞ、稲葉」

あきれかえっている俺の傍に、千晶が来た。

「これで？　マジで？」

独身の恵さん主催のホームパーティは、セクシャルでマニアックなものが多いそうだ。たとえば、参加者全員が水着姿で、それぞれの身体を「食器」に見立てて食べ物を盛り、食べ合う「スプロッシング・パーティ」という、かなりエロいパーティとか（でも、実際にエロいことはしない）。「動物になりたい」奴が、その犬なり猫なり、狼《おおかみ》なり豹《ひょう》なりになりきって、そういうコスプレをして、パートナーに鎖で繋《つな》がれてやってくる。そして、パーティの間じゅう、ずっと動物のままで過ごす「ポゼッション・パーティ」とか……、日本人の俺は、「なんじゃ、ソリャ！」と叫ばずにはいられなかった。

「これが、文化の違いというやつか……!?」

文化の違いは、南米でも数々経験してきた俺だが、それでもかなり驚いた。比べるのはどうかと思うけど、俺的には、芋虫の姿焼きはありとしても、二十人もの美女派遣パーティはない気がする。ましてや、スプロッシングやポゼッションは。

そう言うと、千晶と古本屋は大笑いした。

「アッハッハッハ!!」

「ギャハハハハハ!!」

二人して、あんまり笑うもんで、俺はオロオロした。

「何？　何っ？　なんかおかしいこと言った？　俺、変っ？」

「ちがっ……いい……いいよ、稲葉。別に変じゃないから」

涙を流しながら、千晶が手を振った。古本屋と、身体を支え合いながら笑い続けている。

わかっている。子どもっぽいっていうことだろ。どうせ俺は、美女からも、エロスからも、マニアックからも遠いとこにいるよ。長谷と違って（長谷はきっと、こういうのがわかる）。

「子どもっぽいのが、悪いってわけじゃない」

千晶が、肩を組んできた。

「どんな子どもも、いずれは大人になる。要は、きちんと大人になれればいいんだ。だが、きちんとした大人になれてない奴が、どれだけいるか。お前は、なれるさ」

千晶は、ロックの生演奏で踊り、ビキニ美女たちと戯れるゲストたちを見ながら言った。

「こういう世界もある……ということを知っている、ぐらいの感覚でいいんだ。こういうのは、自分的にはないと言うお前だって、スプロッシング・パーティを、なんていやらしい。絶対反対！　とか、ポゼッション・パーティを、頭のいかれた変態たちの集まりだ、なんて言わないだろ？」

「そりゃ、もちろん。そこまで頭は固くないぜ。A先生と違って」

「余計なことは言わなくていい」

俺は、千晶に頭を小突かれた。

「それでいいんだ。理解はできないが、否定はしない。それが大事なんだよ。理解できないことなんざ、世界には山のようにあるさ」

俺は、うなずいた。

ビキニ美女二人を両手に花の古本屋が、

「パラダイス〜〜〜!!」

と、嬉しそうに叫んでいる。

俺は、それはちょっと照れくさくてごめんだけど、その古本屋をカメラで撮りたいと思った。

「ブログ用に、取材しなきゃ！」

俺は、カメラを取りに走った。千晶が笑って見送ってくれた。

俺は、ビキニ美女たちや、バンドの演奏、ゲストたちの様子を撮影し、いろんな人から話を聞いて回った。ビキニ美女たちからは派遣のこと、バンドのメンバーからは業界のこと、ゲストたちからはパーティのこととか。面白い話がたくさん聞けた。

派遣の仕事をしながら、いつか女優になるのを夢見ている人がいた。一度はあきらめたミュージシャンの道を、こういうパーティやクラブでのライブで復活させた人がいた。

「以前《まえ》はさ、アーティストを気取ってて、ビッグにならなきゃ音楽をやる意味はないとか思ってたんだけどよ。それがダメになって、音楽から離れて……初めて感じた。音楽がやりたい！　俺は、音楽がやりたいんだ！　って」

いかにも、一度酒かドラッグでつぶれましたって感じの、いい具合に枯れた四十代のギタリストは、無精髭の顔を笑顔にして言った。

「今は、このバンド仲間で、いつもは小さいクラブでライブをやってる。時々、こういうパーティに呼ばれるんだ。出張は、いい金になるから助かる。メグミは、よく呼んでくれるんだ。感謝している」

小さな夢の灯火《ともしび》を、細々と、でも毎日必ず灯し続けて生きる。

その灯火は小さいけれど、確かに自分を支える夢に違いなくて。

「だから、あたしは、ちょっと嫌な客がいても我慢できるの。いつか、必ず女優になるわ」

と、ビキニ美女は言った。

「俺はビッグになれなかったが、俺の本当にやりたいことを見つけた。だから、今、ハッピーだ」

と、ギタリストは言った。

「身体に気をつけて、がんばって」

そう手を差し出す俺に、「任せろ」みたいないい笑顔で、握手を返してくる。こういう人たちを見ると、

「俺の本当にやりたいことって、何なんだろうな」

って思わされるけど、俺は、焦《あせ》らない。答えは、急には出ない。絶対に。そう思

う。何度も何度も。

今は、俺にはやるべきことがある。古本屋について、世界を回ることだ。いろんなものを見て、聞いて、体験することだ。その中から、きっと道は見つかるはずだと信じている。

「だって、そう思わねぇと、やってられねーべ？」

と、俺は、南米での過酷な旅を思い出しながら苦笑いした。

本場を楽しんでます

千晶とマサムネさんと三人で、シルク・ドゥ・ソレイユのショーを見に行った。

シルク・ドゥ・ソレイユとは、俺的に簡単に言うと、「ストーリー仕立てになった中国雑技団《ちゅうごくざつぎだん》」だ。体操選手のように、床や空中でくるくる回ったりの技術を、芸術的なショーとして見せる。ベガスで人気のシルクのショーは、『オー』と『カー』の二種類があって、『オー』のほうが、より芸術的だと評価が高い。

トニーが取ってくれたのは、劇場やや後方だが、ど真ん中の席だった。こんないい席をアッサリと三つも取れるとは、どんなセレブだ。そして、その知り合いの恵さんと千晶って……。

深紅で統一された劇場内は、たくさんの観客で満杯だ。その中の一席に座って、開演を待つ。

俺は、こんな本格的なショーを見るのは初めてで、ちょっと緊張した。映画が大好きで、映画館にはよく行ったけど、舞台劇には興味がなくて行ったことはないし、ましてや、「ショー」なんて。第一、金がなかった。

(長谷はこういうの、目の肥やしとしてたくさん見てるんだろうなぁ)

と思った。

一度ならず、長谷には、マジックショーとかに誘われたことがある。世界有数のマジシャン、デビッド・カッパーフィールドが来日した時なんかに。でも、断った。チケットが高かったからだ。もちろん、長谷はおごってくれるつもりだったんだろうけど、やっぱりそれは申し訳ないというか……なんというか……。

(一緒に行って……見とけばよかったのかな……。長谷と……見たかったな)

舞台を覆っている赤いカーテンを見ながら、甘いような苦いような気持ちになった。

(シルク・ドゥ・ソレイユの来日公演を、長谷は見ているはずだ。感想を言い合おう。電話して、俺も見たぞって……)

「トイレはいいか、二人とも？　そろそろ始まるぞ」

と、マサムネさんがお母さんのようなことを言って、『オー』の幕が上がった。

「えっとな……よくわからなかった」

俺の感想に、携帯の向こうで長谷は大笑いした。

「千晶にも笑われたよ」

ベガスは真夜中だが、日本は夕方だ。長谷は、ちょうど仕事の合間だった。大学は休みだが、親父《おやっ》さんから振られる仕事に休みはない。

「なんかな、抽象絵画を見るみたいな感じでさ、芸術的だってことはすごくよくわかるんだけど、これは好き嫌いが分かれるなぁ〜って」

「抽象絵画か。いい表現だな、稲葉」

「俺さぁ、もっとピョンピョン跳んだり、くるくる回ってくれるもんだと思ってたんだ。ちょっと肩すかし、みたいな？」

「俺もそう思ってた」

「だろ？　だろ！」

三十分程度だけど、久しぶりに長谷とたっぷりしゃべった。他愛《たわい》もないことを。だけど、身体じゅうに力が湧くような気持ちになった。

「今、ベガスには、デビッド・カッパーフィールドのマジックショーもあるんだ。ずっと前に……誘ってくれたよな、長谷」

「……ああ、うん」

「あの時……ホントは行きたかったけどさ」

「うん。わかってる」

「うん……ごめん」

「何を謝ってる。何も悪くない」

「うん。マジックショーに行ってくる」

「ああ。本場のショーは、来日公演よりずっとすごいはずだ。楽しんでこい」

「見たら、また電話する」

「待ってる」

「うん。仕事、がんばれよ」

「ああ」

携帯のブルーライトが消えると、部屋は一瞬真っ暗になり、やがて、窓から入ってくる光でぼんやりと明るくなった。カーテンの引かれた窓の傍に立つと、星がまぶしいくらいに輝いていた。

俺の隣で、ずっと俺を支え続けてくれた親友。それは、今も変わらない。

俺たちの距離は、遠く離れてしまったけど、携帯一つで繋がることができるように、お前の存在は、俺の隣にある。それが心強い。

そして、それは妖怪アパートのみんなも同じだ。久しぶりに、一色さんのパソコンに、ベガスに着いたこと、秋音ちゃんからの贈り物へのお礼、カウントダウンイベントのことなどをメールしたら、一色さんや、画家、そしてなんと、るり子さんからもレスが来た。一色さんからは、「元気そうで安心したよ」と。画家からは、「早くブログを更新しろ」と。るり子さんからは、簡単に作れるおいしいご飯のレシピが。

俺は思わず、早くアパートに帰りたい、なんて思ってしまった。いやいや、いかんいかん。旅はまだまだこれからなんだ。ホームシックにかかっている場合じゃないと、首を振る。

長谷としゃべって力が湧いた身体に、さらにキラキラと光るものが足されたような気分になった。

　俺には、故郷があるんだ。

　なんて、なんだかおおげさな思いを感じた。


　ちなみに、俺たちが『オー』を見ている間、古本屋と恵さんは、ストリップショーを見に行ったらしく、古本屋は、それはそれは楽しそうだった。


　千晶とマサムネさんとは、グランドキャニオンツアーにも行った。

　明日には帰国するという前日、またまたトニーが手配してくれた、夕陽のグランドキャニオンを見るツアーに参加した。

　ベガスからグランドキャニオン空港まで、小型飛行機で約一時間。冬の間は、雪が降ったりしたらキャンセルになる飛行機だが（飛行機はダメでもバスがある）、この日は快晴。さくさくとグランドキャニオン国立公園に到着。そこからは、バスでビューポイント（展望箇所）を回る。

グランドキャニオンは、日の出後三時間、日没前三時間が最も美しいと言われている。俺たちは、日没前三時間の雄大な景色を堪能《たんのう》した。

はるか地平線まで、どこまでも重なり合った岩山。そこに夕陽が斜めに射すと、岩山の十重二十重《とえはたえ》の陰影ができて、夕陽の当たる場所は真っ赤に、その背景には、薄い影、濃い影が立体的に浮かび上がり、なんともスケールのでかい絵画を見るようで、息を呑《の》んだ。

「綺麗《きれい》だ……」

この一言しか、出てこない。

俺はこれまで、南米でも何度も、圧倒的な自然を前にして立ちすくんできた。それは、人がとても太刀打ちできない巨大な存在ばかりで、原住民がそこに「神」を見出す気持ちがよくわかる。

（だって、神様が創ったとしか思えないもんよ……）

そのスケールの大きさ、その繊細さ、その不思議。俺が、妖怪アパートの妖霊、神霊たちのことを知っているから、じゃなく、俺が魔道士《まどうし》の端くれだから、じゃなく、それとはまったく無関係に、「きっと何かすごい力が、これを創ったんじゃないか」

と思う。そして、その力を畏《おそ》れる。

観光客たちが、夕陽に刻々と染まりゆく壮大な風景にため息をもらしている。俺も千晶もマサムネさんも、真っ赤に染められながら、ただただ、ここでしか見られないものに魅了されていた。

「俺さ……何度も思ったんだ」

隣にたたずむ千晶に、俺はぽつりとこぼした。

「こんなすごくて、美しい自然の前で、棒立ちになって……やっぱり思ったんだ。あ、俺、というか、人間って小っさいなぁ〜って」

千晶も、ぽつりと返してきた。

「むなしくなったか？」

「…………」

俺は、少しうなずいた。

「からっぽになったというか、させられたというか……」

「うん」

「でも、俺は0じゃない」

「うん」

「頭が真っ白になっても、携帯やパソコンを見れば、そこに友人や仲間が大勢いる。俺のブログを待ってくれてる人がいる。俺は、何もできないかもしれないけど、でも、なんかがんばろう……って、思った」


ウユニ塩湖の夜だった。

地平線まで埋めつくすような、ものすごい星空だった。星って、こんなにあったのかと、愕然《がくぜん》となるというか、慄然《りつぜん》とするようなというか、とにかく、想像を絶するような星空で、本当に自分が宇宙空間にいるような気になった。

だからこそ俺は、とても心許《こころもと》ない、自分の存在が、いかに小さいものかを思い知らされた。こんなにも大きな空間と時間の中で、自分はいったい何をやれるのか。そもそも、自分の存在なんて、この空間に必要なのか？　別に俺がいなくてもいいんじゃないか……。そんなことをつい考えてしまい、夜空を見上げたまま、呆然とした。

頭の中には、次から次へと、しょうもない思い出ばかりが浮かんできた。親戚の家で悶々としていたこと、俺から離れていく友人たち、両親の事故を知らされた時のこと、長谷と喧嘩したこと……。全部納得がいって、解決したはずだと思っていたのに、なぜ、今、思い出して、気持ち悪くなるんだ？　俺は顔を伏せ、頭をかきむしった。

それから、また広大な星空を見たら、

(本当に、このまま旅行をしていていいんだろうか？)

と感じた。

日本に残って、剣崎運輸に就職していたほうがよかったか？　一年予備校に通って、ちゃんと大学へ入ったほうがよかったか？

そんなことをちょっとでも考える自分が、またとてつもなく気持ち悪かった。

その時、古本屋が、

『ごはんですよ～』

と、気の抜けるような声をかけてきた。

いつまでも呆然として動かない俺の代わりに、古本屋が夕食の用意をしてくれていた。

高地の夜は冷えこんで、いっそう輝きを増した星たちの明かりに照らされた湖畔に、火がたかれ、鍋からいい匂いが立ち上っていた。青い闇に、炎の温かい色が美しくて感動した。本当に「心が洗われる」ようだった。

メニューは、シチューと、飯ごうで作った焼きたてのパン。

るり子さんの味にはほど遠いけど、それでも、そのシチューとパンが、あまりにもうまくてうまくて……、冷えきった身体に、じゅんと音を立てて染みるようで……、俺は泣けてきた。

古本屋は静かに一言、

『ブログに、コメントいっぱい付いてるな』

と言った。

俺はもう、いろいろと胸がいっぱいで、うなずくことしかできなかった。

俺を気遣《きづか》ってくれる人が、確かにいる。

俺の返信を待ってくれている人が、確かにいる。

飯がうまいと、身体が喜んでいる。

がんばるしかない。

明日もがんばろう。

胸につかえていたものが、ゆるゆると、どこかへ流れ去っていった。

「いい話だ」

マサムネさんが、つぶやくように言った。

千晶は微笑んだ。

「そういうふうに考えることができるのが、お前の〝徳〟なんだろう」

冷たい風にサラサラとゆれる千晶の前髪の奥で、黒い瞳が夕陽を映していた。

グランドキャニオンを深紅に染めて、冬の太陽が沈んでゆく。

「小さな幸せを積み上げて、さあ、明日もがんばろうって。そういう生き方が、人間として一番正しく美しいんだと、俺は思う」

千晶の言葉に、俺はうなずいた。

「稲葉、お前は今、世界旅行という、稀《まれ》な体験をしている。普通の学生じゃ、こうはいかない。特別にラッキーな奴だ。それでも、そこに特別な幸せを探すんじゃなくて、お前は、普通の幸せを感じている。素晴らしいものに感動し、圧倒的なものに圧倒されて、自分の小ささにブルーになっても、大丈夫だ、俺には俺を支えてくれる人がいるからと。だから、がんばれると」

千晶は、その黒い瞳でまっすぐに俺を見た。

「それは、お前がこれまで積み上げてきた幸せに裏打ちされてるんだ。一つ一つの幸せは小さいかもしれないが、お前は、それをしっかりと積み上げてきた。だから、揺るぎない。人生に必要なものは、これなんだよ」

長谷やアパートの住人や、田代たちの顔が浮かんで、俺は思わず泣きそうになった。夕陽があまりにも美しかったせいもあるかもしれない。

「世界旅行も、ベガスで三億当てても、そんなものは、本当は関係ないんだ」

千晶もまた、揺るぎないもので満ちていた。家族と、友人たちと、たくさんの幸せを積み上げ、積み重ねてきた千晶たちだからこそ、三億円持ってヨーロッパじゅうを遊び歩いた経験が、生きたものになったんだろう。

千晶が、俺に手を差し出してきた。

「これから、お前の世界旅行がどれぐらい続くか知らんが、お前ならきっと、その経験を活かすことができる。お前は、これまでと変わりなくやればいい。それでもお前は、日々リセットされ、リニューアルされ、成長していくよ」

教師らしい言葉に、俺の中に残っている生徒の部分が、きゅんと、甘く痛むような思いがした。千晶の手を、強く握り返す。

日々、リセットされ、リニューアルされる、か。うん。


夕陽に燃える壮大な景色を堪能した俺たちは、「寒い寒い」と叫びつつ、ロッジで熱いコーヒーなどを飲んで、帰りのバスに乗りこんだ。


その夜は、みんなでストリップ通りに繰り出した。バーガーやポテトなど、ジャンクフードを楽しみ、ネオンでギラギラの夜景をバックに記念撮影。ストリップ通りで最も有名な、ホテル・ベラッジオの噴水ショーを、その向かいに建つ、パリス・ホテルに隣接する、縮尺二分の一のエッフェル塔から眺めた。このミニエッフェル塔の上からは、ベガスの夜景を三百六十度見渡すことができるんだ。ウユニ塩湖の星空とまったく対照的な、地上の星空！　だけど、この星々も美しい。

「上から見る噴水ショー、ド迫力だなー！」

「やっぱり、ベガスは夜景だよな〜」

アパートのみんなからもらったデジカメは、驚くほど夜景が綺麗に撮れる。三脚なんか使わなくても、一切の手ブレなし！　素人の俺でも、絵はがきのような夜景が撮れるんだ。この画像をブログに上げたら、盛り上がるだろうな。そうだ。「男性ストリップショー」の看板があったっけ。あれも撮ってブログに上げよう。田代たち用に。

都会の夜景が最高に似合う二人のツーショットを撮って、俺は親指を立てた。

千晶もマサムネさんも笑った。

「楽しみにしてるぞ」

その帰り。パーキングに向かって、ストリップ通りの裏道を歩いている時だった。

表通りがギンギラギンなので、脇道や裏道はことさら暗く見える。人通りもまばらだ。観光客はほとんどおらず、地元民と、ホテルの従業員や出入りの業者の姿が多い。

ベガスは観光でもっている場所だから、特にストリップ通り周辺には、怪しい奴らの姿は見かけない。とはいえ、そんな奴らはいないのかといえば、必ずしもそうじゃないわけで……。

パーキングが目の前だった。俺たちは、ワイワイ言いながら歩いていた。

すると、横道から、スッと、フードをかぶった奴が一人出てきた。

そいつは、早足で俺たちに近づいてくると、銃を構えて、

「Stop! Gimme your money!（止まれ！　金を出せ！）」

と叫んだ。

（男五人相手に強盗なんて）

と、俺は思ったが、銃があるからいけると踏んだんだろうか？

（こいつは、素人だな）

そうピンと来たのは、どうやら俺だけじゃなかった。千晶も恵さんも、落ち着いたものだった。

「OK, we'll do as you say.（ＯＫ、言うとおりにするよ）」

恵さんが、冷静に言う。強盗は、ちょっと焦った感じで、早口で言った。

「Get out your cash! And valuables……watches and……necklaces'n stuff!（現金を出せ！　あと、金目のもの……時計と……ネックレスとか！）」

全員、おとなしく従う。強盗は、俺の足元に紙袋を放り投げた。

「You, gather everything! Bring it here!（お前が集めろ！　持ってこい！）」

「OK, OK.（ハイハイ）」

俺が持った紙袋に、みんなが現金と貴金属を入れる。

「I gathered everything.（集めたぞ）」

そう言いながら、俺は強盗に近づいていった。

「C'mere, slowly.（ゆっくり来い！）」

「OK, I got it.（わかった、わかった）」

俺に向かって、強盗が手を伸ばしたところで、俺は、わざと前向きに転んだ。

「うわあっ!!」

バラバラッと、強盗の足元に貴金属がばらまかれた。強盗が、思わず下を向く。その瞬間、俺は転んだ体勢から身体をひねり、強盗の銃を持った右手めがけ、足蹴《あしげ》りを食らわした。

「!!」

強盗の右手が、跳ね上がる。しかし、銃は放さなかった。

そこへ、すかさず飛びこんできた千晶が、強盗の右腕を取り、そのまま後ろへ押し倒した。ドターン！　と、強盗が倒れる。次の瞬間、千晶は強盗をひっくり返し、うつぶせにすると、右腕を背中側へひねった。強盗が悲鳴を上げる。その拍子に放した銃を、俺は、古本屋たちのほうへ蹴りとばした。

「おお〜〜〜っ!!」

恵さん、マサムネさん、古本屋が、拍手し歓声を上げた。

「いや、お見事！　いいコンビネーションじゃないか、お前たち」

恵さんは感心して、首を左右に大きく振った。

「ずいぶん場慣れしているな、夕士くん？」

マサムネさんの疑問には、古本屋が答えた。

「南米で鍛えられたもんなぁ。スリや強盗や置き引きはしょっちゅうだったから、すっかり対処法が身についちゃって」

スリや置き引き、軽い詐欺の軽犯罪から、銃や刃物を持った強盗、そして古本屋がらみの事件の重犯罪まで、南米では、そっち方面の洗礼も受けた俺だ。おかげで、犯罪者や嘘をつく奴らの言動に気づくとか、武器を持った相手への対処とか、逃げ足とか、いろいろなスキルが上がった。

「てへへ」

貴金属を拾いながら、俺は後ろ頭をかく。

強盗を取り押さえたまま、千晶は苦笑い。

「武器を持った相手に立ち向かうってのは、ホントはあまり感心できないがな」

「あんたに言われたくねー」

まぁ、俺がやらなくても、ここにはマサムネさんがいるから、どのみち強盗に勝ち目はなかったんだ。いくら銃を持ってたって、武道の上級者には、きっと敵わない。そのマサムネさんより素早かった千晶は、相変わらずと言おうか。頭より先に身体が動くって、カオルさんが言ってたなぁ。

恵さんが警察を呼んで、強盗は銃とともに引き渡された。まだ二十歳ぐらいの、若者だった。

俺たちも警察署へ行って、軽く事情聴取を受けた。事情聴取は面倒くさかったけど、警察署内を見学できて、それはよかったな。

恵さん家《ち》へ帰ってきたのは、午前二時過ぎ。

すっかり腹が減ってしまったので、梅干し茶漬けを食べて寝た。

翌日。

「お前といると、いろいろ起きるから退屈しないよ、稲葉。けど、これからも、危ないことは、なるべくしてくれるなよ」

そう言いつつ、俺の髪の毛をぐしゃぐしゃとかき回して、昼過ぎの飛行機で、千晶とマサムネさんはベガスを発った（当然、ファーストクラスで）。

（それは、古本屋に言ってくれ）

と思いながら、俺は二人を見送った。

千晶は、最後に、

「俺がベガスに来たことは、田代たちには内緒だぞ」

と、念を押した。

空港のカフェで、しばらく発着する飛行機を眺めていた。

「千晶センセのせいで、里心がついちまってないか、夕士？」

古本屋が、ニヤニヤとしている。

「そ、そんなことないっスよ」

千晶に会えて嬉しかったのは、本当だ。おまけに千晶は、長谷やアパートのみんなの心遣いを携えてきてくれた。千晶を通じて、みんなと繋がり合った気がした。それは俺に、元気をくれた。ホームシックになりかかったけど、いやいや、まだまだがんばるぞという気持ちになったんだ。

「ベガスにいる間に、がんばってブログを更新しますよ」

鼻息荒く、俺は言った。

その後、俺と古本屋は、恵さん家《ち》で世話になりつつ、充分身体を休ませながら、ショーを見たり、近隣に観光に行ったりした。

気がゆるんだのか、俺は風邪をひいたりもした。

古本屋は、

「このへんで具合が悪くなるだろうと思ってたよ」

と笑った。織りこみ済みか。

それも、秋音ちゃんの梅干しと、るり子さんの卵粥《たまごがゆ》レシピで、二日で完治した。

俺は、毎晩パソコンの前に座り、画像の整理とブログの更新に取り組んだ。新しい記事や写真が出るたびに、みんなからたくさんのコメントが寄せられた。ひと月後の、ベガスを発つ頃には、なんとかブログも追いついた。


一月の終わり。ベガスを発つ。

冬の陽光が煌めく中、レクサスで優雅にマッキャラン空港まで送ってもらった。

「お世話になりました、恵さんっ！　ありがとうございましたっ！」

俺と古本屋は、揃って頭を下げる。

「いやいや。こっちも刺激的で楽しかったよ」

と、恵さんは、かっこよく煙草をくゆらせた。

「まだまだ先は長いだろうけど、がんばれよ、夕士」

「うス！」

恵さんと、がっちり握手。そこに、千晶が重なる。

リュックの中には、醤油やポン酢の他に、一ヵ月の滞在中に、アパートから新たに届いた梅干しが入っている。

飛行機が上昇するごとに、小さくなっていくベガスの街並み。

ベラッジオや、ニューヨーク・ニューヨークや、マンダレイ・ベイが遠のいていく。ニューイヤーカウントダウンや、数々のショー、そしてグランドキャニオンの思い出が、遠のいていく。

「バイバイ、ラスベガス」


この「一服」の間に、身体と心を休めることができてよかった。

気持ちの整理をつけることができてよかった。

千晶の言葉を借りると、俺は「リセット」できたんだ。

次は、「リニューアル」できるだろうか。

今日からまた、ちょっと忙しい「ミステリー&サスペンス」な旅行が始まる。

とはいえ、次の目的地はわかっているが。

「五時間後には、ニューヨークだぜ、イエー!!」

と言う古本屋と、ビールとジュースで乾杯。

「スミソニアン博物館、楽しみっス！」

「全部見て回るのに、三日はかかるぜ、イエ～♪」

「自由の女神にも登ってみたいっス！」

「えぇ～!?　階段、全部で四百段ぐらい登るんだぞ～、後悔するぞ～」

「後悔したいっス!!」

拳《こぶし》を握ってそう言うと、古本屋はニヤリと笑った。

「いいね」

せまい階段を何百段も登り降りしてヒーヒー言って、こんなことやるんじゃなかった、俺はなんてバカなんだと思いたい。

それで、地上に降りてきて、冷たいレモネードなんかを飲んだら（ビールと言いたいところだが）、それはもう、最高にうまいに違いないのだ。

それが、今から楽しみだ。

妖怪アパートの、いつもの窓辺に

画家と詩人

「わかりました。ありがとうございます。じゃ、また〜」

編集者との打ち合わせの電話を切ると、妖怪アパートの前庭の木々が、風にざわめく音が聞こえた。

サワサワ、サワサワと、涼しげで心地好い音が、俺の部屋を満たす。傍の道を通る車の音も電車の音も、ここでは遠くに聞こえるので、妖怪アパートは、いつもとても静かだ。一番よく聞こえるのは、庭の木々の梢《こずえ》が風にゆれる音。その次が、宴会の騒音なんだが、この頃めっきり減ったような気がする。何かあるたびに、真っ先に「宴会だ」「飲むぞ」と大声を上げる画家が、いないからだ。

深瀬明画家が、妖怪アパートを出て久しい。

あの年、アラスカで、シガーが死んだ。

シガーも老齢《とし》だから、これを最後のアラスカの旅にしようと連れていった画家だが、ユーコン川をカヌーで下っていた途中で熊に襲われた。

シガーは、画家をその熊から守って死んだんだ。カッコイイ最期だった。

アパートに帰ってきた画家は、熊に噛《か》みついてちょっと欠けたシガーの牙《きば》を、ネックレスにしていた。

詩人はじめ俺たちは、画家にかける言葉もなかった。それからの画家は、いつもと変わりなかったが、それでも、部屋にこもることが多くなった。相棒がいつも寝転がっていた場所にいる気持ちを思うと、俺たちのほうが泣けてきたものだが、しばらくして、画家はちょくちょくアラスカへ行くようになった。

なんと、アラスカでは、シガーの子どもたちが生まれていたんだ。

最後のアラスカ旅行で、画家は、昔シガーをもらった家に滞在していた。そこには、アラスカン・マラミュートと狼のハーフのディッキーちゃんがいた。かなりの老《ろう》齢《れい》にもかかわらず、シガーはこの若い娘《こ》にアタックし、見事受け入れられたということだ。すげぇよ、シガー！　尊敬します。

画家は、この、相棒の血を受け継ぐ子どもたちを、アラスカの大地で見守りたくなったのだろう。そこには、相棒の墓もある。だんだんとアラスカ滞在の時間が長くなり、やがて、画家は正式にアパートを出て、アラスカに移住する決心をした。

「ちょくちょく日本には里帰りすっから」

と、画家が言うので、

「じゃあ、アパートの部屋はそのままにしておいたら？」

と、みんなそう言ったが、画家は荷物をすべてアラスカへと送り、部屋を空けた。

何十年も暮らした場所を出ていくというのは、どんな気持ちなんだろう。しかも、この妖怪アパートみたいな、特別に特別な場所を出ていく気持ちは……。たった四年間、旅行でここを離れた俺なんか、毎日のようにホームシックになったものだ。傍にアパートの仲間がいるにもかかわらず。アパートに帰れば、自分の部屋があるにもかかわらず。

だが画家は、まるでいつもの旅行に出かけるように、軽やかに出ていった。俺の肩を抱いて、「あとはよろしく頼むぞ」とか、別れの宴会で涙酒……なんてこともまったくなかった。それが画家らしいというか、でも、無理にそうしているふうにも見えるというか……。とにかく俺は、いろいろ複雑な思いでいっぱいだった。

「里帰りした時は、お前の部屋に泊めろよな、黎明」

「え〜、深瀬、かさ高いからヤだな〜」

画家と笑い合う詩人。

画家がシガーという相棒を失ったように、詩人もまた、長年連れ添った相棒を失った。

「アラスカは、深瀬の第二の故郷みたいなもんだからネ」

と笑って言う詩人の言葉に、隠しきれない寂しさが感じられるのは……俺の考えすぎだろうか。詩人は相変わらず、ラクガキのような表情を崩さない。

アパートの居間の、いつもの窓辺に、いつも並んでいた二人の背中。何かにつけて酒を酌み交わし、いつも「耐久飲み会」になるアパートの宴会で、最後までつぶれずに飲み続けていたのも、この二人だった。それは、妖怪アパートの「いつもの風景」だった。

画家が去り、しばらくたった頃。

アパートの庭で、桜が満開だった。

さらさらと桜の花びらの散る縁側で、一人座った詩人の丸っこい背中が、暖かい春の陽光の中に消え入りそうに見えた。キラキラと、端から光の粒になって、やがて花びらとともに散ってしまうのではないかと。

それを引き留めるには、その隣に並ぶしかない。俺はそう思った。

不肖《ふしょう》、俺でよければ。とても画家ほど飲めないけれど、まだまだ若僧で、未熟者で、社会人として駆け出しだけれど、俺でよければ……。

「一色さん、一杯やりませんか？」

大吟醸《だいぎんじょう》の瓶を差し出して、俺は言った。

「ほら、るり子さんが、花わさびのおひたしを作ってくれたんスよ」

俺のほうを向いた詩人は、明るい光の中で輝くように笑った。

「やぁ、綺麗な緑色だなぁ。これはうまそうだ。春だねぇ～」

「これはもう、飲むしかないっしょ」

詩人の隣にどっかりと座りこむ。

大吟醸を詩人のぐい呑みに注ぐと、そこに、桜の花びらがひとひら落ちた。

「春のひとひら……だねぇ」

詩人はそう言って、一気に飲み干した。

「ああ、桜の香りがするようだよ」

大きくため息をついて、詩人は頬を桜色に染めた。

詩人が注いでくれた酒を飲み干して、俺も言った。

「春ですねぇ」

「春だねぇ」

揃って見上げた青空に、美しく映《は》える満開の桜から、絶え間なく花びらが散る。それは妖怪アパートの庭に、縁側に、静かに、優しく降り積もる。

「ん〜、花わさび辛ぇー！」

「いや、コリャ、酒好きには、たまんないわ！」

笑い合う俺たちのもとに、変わらぬアパートの仲間がやってきた。

「ただいまー」

「おー、古本屋さん」

「おっ、また昼間っから飲んでるな、この不良どもめ。俺も交ぜて〜！」

変わるもの、変わらないもの。繰り返す年月。

「大吟醸っス」

「花わさびのおひたしだよ」

「春だなー」

すべては思い出となって、ゆっくりと、でも確実に過去へ去ってゆき、季節だけが何事もなかったかのように、また巡ってくる。この庭に。この縁側に。

それだけに、ポカリと空いたアパートの一室が寂しくて。これ以上、どこも「ポカリ」と空けたくなかった。

ということで、この年の春から、俺が詩人の隣に並ぶことになったんだ。

画家の代わりとはとても言えないが、酒をちびちびやりながら、詩人の、巡りゆく季節を愛《め》でるお伴を務めている。

画家は、年に一、二回、アラスカ土産を携えてアパートへ里帰りしてくる。みんなは、その土産と、シガーの子どもたちの写真を楽しみにしている。

俺、稲葉夕士

画家がアパートを離れた前後の年は、その他にも何かとめまぐるしい時期だった。

俺個人の大きな出来事は、小説家としてデビューしたことだ。

世界旅行を終える少し前から、ブログをまとめて本にしようという計画があって、帰国してから、それが本格的に動き出し、一年後に本になった。素人の旅行記だけど、景色だけじゃない、生活臭あふれる写真（ものを食ってる写真が、ものすごく多い）がたくさん載っていて面白いと、好評だ。これは、全部で三冊出版された。それと並行して、「このブログをもとに小説を書かないか」と言われていたんだ。俺は、とても小説を書く自信はなかったが、詩人が強く後押しをしてくれた。

そして、ブログ本の出版からさらに一年後。俺は、『インディとジョーンズ　緑の魔境』で、作家デビューした。

読書は好きで、時代小説、冒険小説、実録犯罪物にエッセイとかを読んできたけど、まさか小説家になるなんて毛ほども思ったことがないから、当然小説や文学の勉強をしたことはない俺だ。小中学校時代の「作文」の成績も普通で、特にうまいとか言われたこともない。

「文学作品を書くわけじゃなし。インディとジョーンズはエンタメだから、気軽に書きゃあいいのヨ」

と、詩人は言った。

そう。そもそも「文学って何?」と、俺は言いたい。小説は好きだけど、いわゆる「文学作品」というのは苦手だ。実は、名だたる文学作品は一つも読んでいない(と言うと、詩人に失礼か。一色黎明の文学作品は好きだ)。だって、小説家になるなんて思ってなかったんだよ。何度でも言うけど。娯楽作品だから読む。特に作家にこだわってもいない。

「だから、稲葉夕士の作品は文学的ではないって批判されても、平気でしょ?」

詩人にそう言われた。

「……………そうっスよね」

胸に、ストンと落ちた。

文章のことで批判されても、なんの勉強もしていない俺にはどうしようもないんだから、気にするだけ無駄だ。物語の構成や言葉の使い方などは、プロの編集者が助けてくれる。一気に気楽になった俺は、好きなように書いた。

こうして世に出た『インディとジョーンズ』第一巻は、新人賞を含め、三つの賞を受賞。編集者からは、「さぁ、続き。さぁ、続き」とせっつかれ、俺は、いっぱしの売れっ子作家のような生活を送ることになったんだ。

文学のぶの字も学んでいない奴の作品が、受賞だ重版だ続編だと、なんだかおこがましい気がするけど、これにも詩人が、ズバリと答えてくれた。

「誰が何を言おうが、読者に支持されるっていうのが、一番なんだヨ。それに夕士クンは、続けていいけてるでしょ。これ、大事。続けることは、難しいことなんだよ」

シリーズは、二巻、三巻と続き、それぞれに版を重ねている。ファンレターがたくさん来る。エッセイや別の作品などの依頼も多くなってきた。アニメ化、漫画化、映画化の話も来るようになった。

続けることが大事、と言ってくれた詩人の言葉が、強く胸に響く。

世界旅行からこっち、何も考える間もなく作家になってしまった俺だけど、ようやく「続けていこう」という気持ちになれた。

今、『インディとジョーンズ』のシリーズは、十二巻目。漫画化され、アニメ化も決まり、映画化の話も決まりそうだ。俺は、他には、雑誌にエッセイを連載したり、講演に行ったりもする。

まだまだだと感じる一方で、ちょっとは作家生活が板に付いてきたのかなと、頭の隅っこで思ったりする今日この頃である。

千晶直巳

千晶が事故に遭《あ》ったのも、この頃だった。

俺たちの学年が卒業してからも、千晶は三年間条東商にいて、その後転任していったが、田代はぬかりなくその後を追いかけて、情報を常に流してくれていた。もっとも、「クラブ・エヴァートン」のＨＰ《ホームページ》には、千晶も時々書きこみをして、メンバーと交流をしていたが。

クラブ・エヴァートンのコア（経営陣）のメンバーとして、神谷《かみや》兄貴が正式に採用されたのは、神谷さんが大学を卒業するのと同時だった。これで神谷さんは、エヴァートンと実家の洋服店の、両方の経営を兼ねることになった。神谷さんならやれるだろう。間違いなく。だって、そう判断したのは、それまでエヴァートンを守ってきたマサムネさんだからだ。マサムネさんは、将来の経営のトップとして、神谷さんを育て始めた。神谷さんをサポートするメンバーには、田代と長谷が名を連ねている。最強だろ。

神谷さんは、エヴァートンの会員だけが出入りできるHPを立ち上げ、店の情報やらを紹介したり、会員たちが交流できる掲示板も用意したが、その最大の目的は、千晶の動向を載せることだった。千晶が掲示板に遊びに来てくれるのが一番で、その次は、田代たちからの「千晶情報」で盛り上がることだ。千晶のいる学校では体育祭が近いとか、千晶も徒競走に出るとか、学校に潜入して写真を撮ってこい田代、とか。もう自分たちの先生ではなくなってしまった千晶を、ファンはいつまでも惜しんでいた。もちろん、その前からの千晶のファンも大勢いて、新旧のファンたちは、掲示板ができたことで、さらにお互いの交流を深めたようだった。たまに、千晶がエヴァートンに来るなんて情報が載ったら、その日はいつもの倍ぐらいの数の会員たちで、店内はむんむんしていた。

俺も、半年に一回ぐらい、エヴァートンで千晶に会ったが、いつ見ても若々しくて、お洒落で、変わらない先生だった。生徒たちの「その後」を聞く時が、一番楽しそうだった。

その「知らせ」は、神谷さんから来た。

神谷さんは、俺が、千晶が特に目をかけていた生徒の一人だということを知っていたし、作家という職業柄、すぐに病院に駆けつけられるという判断もあった。

「何かあった時のために、病院へ行って待機してて」

神谷さんの声は、とても冷静だった。それだけに、余計嫌な感じがした。

「事故……⁉　千晶が……交通事故⁉」

俺は、慌《あわ》てた。財布や携帯を探している（目の前の机にあるのに！）自分を、別の自分が見ているような感覚だった。

次にハッと気づくと、病院にいた。まったく覚えていないが、ちゃんと病院に到着していた。

最初に目に飛びこんできたのは、廊下の椅子に座りこんでいるマサムネさんの様子だ。

「――……っ」

心臓が強くつかまれたようで、息が浅くなった。

あのマサムネさんが。あの、いつも冷静で毅然《きぜん》としていて、その姿勢のいい立ち姿のまわりに、涼しい風が吹いているようなマサムネさんが。

まるで、何かとてつもなく重いものを背負っているように、がっくりと椅子に座りこんでいる。血の気が引いて、顔色が真っ白になっている。

マサムネさんは、静かだけど、まったく冷静じゃなかった。その凍ったような無表情の内側には、悲しみや苦しみや絶望のような、真っ黒いものが轟々《ごうごう》と吹き荒れている。こんなマサムネさんは見たことがない。いや、想像だにしなかった。

(千晶は……もうダメなのか……)

決定的な何かを突きつけられた気がして、俺はそれ以上近づくこともできず、廊下の途中で立ちつくしてしまった。

バン！　と、背中を叩かれた。

「うおっ⁉」

俺は、飛び上がるほど驚いた。

カオルさんだった。

「何を呆けている、夕士。しっかりしろ」

カオルさんの顔を見たら、一気に気がゆるんだ。冷や汗がドッと出て、心臓がものすごい速さで拍動し、足が震えた。

「カ、カオルさん……。千晶は……っ」

カオルさんは、大きな手に、強く、強く力をこめて、俺の肩をつかんで言った。

「助かったよ。大丈夫だ」

「……っ」

もう、言葉もなかった。心臓は、また別の意味で早鐘《はやがね》のようで、口から飛び出すんじゃないかと思った。血が一気に体内を循環して、冷えた身体に体温が戻ってきた。腰が抜けそうで、俺は、近くの椅子までよたよたと歩いていった。

カオルさんはマサムネさんのところへ行き、隣に座って千晶の無事を告げたようだ。マサムネさんは両手で顔を覆い、そんなマサムネさんを、カオルさんは胸に抱きこんだ。二人は、長い時間抱き合っていた。

命は助かったものの、千晶はこの事故で、右腕を失ってしまった。

そしてそれをきっかけに、教職から退いたんだ。

「片腕じゃ、いざという時、子どもたちを守れないからな」

千晶は、少し寂しそうに笑って言った。

千晶なら、ただいてくれるだけでいいという生徒が大半だろうが、千晶からすれば、そうもいかないのだろう。何かというと、すぐに「身体を張る」先生だからな。

元生徒としては、千晶が教職を退くのはちょっと残念な気もするが、マサムネさんやカオルさんたちは喜んだ。これで、千晶が「チアキ」としてエヴァートンに帰ってくることが決まったからだ。

もう、生徒や仕事のために無理をすることもなくなる（よく点滴受けてたなぁ）。朝、早く起きることもなくなる（千晶は低血圧）。

何より、もともとの「コア」のメンバーに復帰するということ。これを、コアのメンバーが喜ばないわけがない。特に、教師になるためにコアから外れたことに、ずっと納得していなかったビアンキは、

「これで、やっとイライラから解放される」

と、その水晶のような美しい青い瞳を輝かせた。この人、こんな顔で笑うんだと驚いたほどだ。「ゲルマンの紅い狼」という渾名《あだな》があるくらい、滅多に笑わない、いつも鋭い面差しの男、いや女性だから（もう男と言いきってしまってもいいんじゃない

かぐらい、男らしい。ゆえに、ビアンキのファンは圧倒的に女が多い）。

　チアキがエヴァートンに復帰するまでは、それから一年ほどもかかったけど、復帰祝いのパーティは、それはそれは盛大で華やかだった。家庭の事情でコアを離れたスティングレーや、美那子・ヴィーナスも駆けつけた。

　コアのオリジナルメンバー、マサムネ、ビアンキ、スティングレー、シン、美那子・ヴィーナス、そしてチアキが揃っているのを見て、昔からのファンは、どれほど喜んだだろう。そのテンションの高さはすごかった。ロックコンサートか！　というぐらい盛り上がっていた。オリジナルのファンは、もうみんな四十代以上なのに。俺たち若いファンは、圧倒されたもんだ。それほど、昔のコアの人気というか、活躍はすごかったんだろう。カオルさんに聞かせてもらった彼らの逸話は、どれもドラマチックで面白いものだった。

　それからチアキは、エヴァートンで週三回ほど歌うクラブ歌手となった。はからずも、「黄金の鐘の音《ね》」と讃えられた、クリストファー・エヴァートンの後を継ぐことになったんだ。

「天国で、クリスは苦笑いしているだろうなぁ」

と、シンが笑っていた。

「初めてクリスがチアキの歌を聴いた時、顔色が変わったんだ。あんなに冷静な人がさ。クリスにはわかったんだろうな、チアキなら自分の後を継げるって。もちろん、クリスはそんなこと考えてなかった。てか、自分の後を継げる者などいないとさえ思っていたと思うよ。うぬぼれとかじゃなくね」

だが、クリスは、チアキと出会ってしまった。

だが、肝心のチアキは、歌手になろうなんてサラサラ思っていなかった。

だから、クリスは、チアキに歌を教えることはなかった。

「なんてもったいないと思ったよ。素人の俺たちから見ても、クリスに仕込んでもらったら、チアキはとんでもない歌手になれると思ったもん」

なぜクリスは、チアキに弟子になれと言わなかったんだろう。

『音楽を受け継ぐのは、技術でも血でもない。魂だからだ』

と、クリスは言ったという。

チアキにその意志がなければ、またはその「天命」がなければ、本当に自分の歌声を受け継ぐことはできないと、クリスは考えていた。

チアキが、教師になるためコアを離れる決心をした時、それを後押ししたのはクリスだった。クリスは、チアキが教師になることを「天命」だと判断したんだろう。それから年月は流れ、チアキはエヴァートンに帰ってきた。しかも、当初から望んではいなかった歌手として。

だけど、チアキは、嫌々歌手をしているわけじゃない。また、もうこれしかできることはないからという理由でもない。

「俺……今さらエヴァートンに戻ってもいいのかな……？」

病院のベッドの上でそう悩むチアキを説得したのは、マサムネさんだった。

「お前には、歌があるじゃないか、チアキ。その歌声を聴くのを長い間待ち望んでいる者たちが、大勢いる。今こそ、お前は歌うべきだ」

もう「歌を歌うしかない」ではなく。

今こそ「歌を歌うべき」だと。

「これは、お前の天命だと思う。お前が教師を目指した時と同じだ。もしかしたら、クリスの導きなのかもしれないぞ」

一本になってしまったチアキの手を握り、マサムネさんはそう言ったという。その言葉に、チアキはうなずいた。

「こんなことなら、もっと歌を教えておくべきだったって、クリスは悔しがってるかもね」

ステージから流れてくるチアキのバラードを聴きながら、シンは細い目をさらに細めた。

それでも、クリスから直接指導を受けていないにもかかわらず、チアキの歌い方はクリスにそっくりだと、旧いファンたちは口を揃える。どうやら、「魂」はしっかりと受け継がれているようだ。

それから、「黄金の鐘の音」を継いだ者の噂は、じわじわと世界へ広がっていき、ついに、アンドレア・ブラヴァッツオのもとへ届いた。

世界じゅうのクラシックファンを仰天させた「フォーカラーズ・コンサート」の大成功。

ついに、世界の表舞台というか檜《ひのき》舞台というか、そこに立ったチアキの姿。何度思い出しても、何度でも鳥肌が立つ。

チアキが、いつか言った。

まったく思いもよらない運命の分かれ道があって、道はどこへ通じているかわからないけれど、俺たちは、歩き続けなければならないと。「約束の場所」を目指して。

俺もそうだけど、チアキの人生は、そんな思いもよらない運命の分かれ道ばかりだった。だけど、チアキはいつだって、背筋をまっすぐ伸ばし、前を向いて歩いてきた。その姿は、俺のお手本となった。

まぁ、今のチアキは、一日十時間寝て、コアのメンバーに甘えまくって、わがまま言いたい放題で（またマサムネさんやカオルさんが嬉しそうに甘やかすもんだから）、だから決してチアキを甘やかさない唯一の人間であるビアンキに、よく殴《なぐ》られているのは、ご愛敬だ。田代なんか、チアキたちのこういうやりとり見たさに、毎日クラブに通っている。

そうそう。千晶の「フォーカラーズ・コンサート」日本公演に合わせて、俺たち、元条東商三年生は、学年全体の同窓会をしたんだ。

家庭科A組から普通科のJ組まで、約十年ぶりに集まるとあって、全体の七割強の生徒が出席し、自分たちの近況、先輩後輩の近況、そして千晶のことと、思い出話に大いに花が咲いた。

千晶は、メッセージだけで出席はしなかったが（大騒ぎになるため）、教師では、麻生《あそう》や中川が来てくれた。絶対来ると思っていた青木は、来なかった。

経営コンサルタント会社に就職した田代は、そこで修業を積んだのちに独立。今は、長谷の会社やエヴァートン他、何社もかけもちする売れっ子コンサルタントである。

桜庭は、アパレル会社に就職。新商品開発部門の中堅ＯＬだ。

旅行会社に就職した垣内だが、五年後に寿退社し、今はおめでたの身。なんと、旅行会社に勤めていた時の、顧客の一人の会社社長に見初《みそ》められた、玉の輿結婚《こしけっこん》だった。

岩崎は、警官として勤務中。刑事を目指している。上野は理容師として、桂木は調理師として、家業を立派に継いでいる。

アスカ、リョウ、マキは、サラリーマンとして、相変わらず軽い調子で生きているが、リョウは、高校から付き合っていたカノジョと、去年結婚した。この三人は、大学の頃、バンドを組んで、プロデビューを目指した時期もあったそうだ。しかし、そうまくいくわけもなく、おおかたのこういう若者がそうであるように、夢は夢のまま終わった。若者は大人になり、普通だが堅実な人生を歩み始める。

「ま、いい思い出だよ、あの頃のことは」

「俺ら、楽器を演奏できるサラリーマンなんだぜ。カッコよくね?」

いい笑顔で、アスカたちは笑った。こいつらも、いつでも前向きだなあ。十年たっても、気持ちのいい連中だ。

モエギこと元木《もとき》美々《みみ》は、人気漫画家として活躍中。その双子の兄、本物のガンダムを作るのが夢だというガンオタの洋輔《ようすけ》は、アメリカでロボット工学の博士号を取った。今も、ガンダム製作という夢に向かって研究を続けている。

英会話クラブ元部長の江上さんは、都内の高級ホテルのコンシェルジュをしている。三年C組の委員長だった松岡《まつおか》は、外資系の会社に就職した。

そして、あの宝石強盗事件に巻きこまれた時の仲間、黒田が、香川の近況を伝えてくれた。

事件のショックが大きすぎて、高校を中退してしまった香川だが、四年という時間はかかってしまったが、立ち直ることができたという。話を聞いた俺や田代、桜庭も垣内も、ホッと胸を撫で下ろした。

「香川さん、高卒認定を受けて、短大にも行ったのよ」

「それ、すげえ」

「今は、保育園の先生をしているわ」

「よかった〜」

喜ぶ田代たちを見る黒田は、結婚してもう子どももいるせいか、すっかりお母さんの顔をしていた。

「千晶先生にお礼を言いたいって。みんなにも」

その心境にいたるまでに、香川がどんな思いを巡らせたのか、興味深い。

「よっしゃ。一席もうけるか」

田代が胸を叩いた。

人生を順調に歩んでいる者、挫折を経験した者、たった十年でも、俺たちはさまざまだ。

もちろん、このたった十年の間に、不幸に見舞われた者もいる。同窓会実行委員会の報告では、わかっているだけで、十名の死亡が確認されているという。田代情報で

は、死亡の第一原因は、自殺だ。悲しいな。田代は、

「ちなみに、小夏《こな》っちゃんは、行方不明だってさ」

と、付け加えた。

「え……？　小夏って、あの……山本小夏か？」

俺たちが二年生の夏に転校してきた、英会話クラブの一年後輩。かなり重症の自己中で、まわりとトラブルを起こしまくりだったが、青木に救われたんじゃなかったか？

「救いきれなかったみたいネ」

その結末を知っていたかのように、田代は言った。

皆が皆、幸せな人生を送っているわけじゃない。苦しみ、悩み、悲しみ、むしろ社会人になれば、そちらのほうが多いだろう。俺たちの多くは、それらと折り合いをつけ、暮らしの中に喜びや楽しみを見出しつつ、日々を生きてゆく。

「でも、それができない奴もいる……。それもまた、現実だよな」

厳しいが、現実だ。目を背《そむ》けてはいけない現実だ。

とりあえず、千晶には、香川のことを報告してやろう。退学した香川のことを、千晶は、立ち直るのに「時間がかかってもいい」と言っていた。その言葉どおり、香川は立派に立ち直った。その事実を、喜びたい。

クリとシロ

そして、クリとシロだ。

俺が世界旅行に行っている間、ちゃっかりアパートに自分の部屋を確保していた長谷が、毎週のようにやってきては、クリとシロの面倒を見ていた。それは、俺が帰国してからも続き、長谷は忙しい仕事のかたわら、時間を作っては、せっせとアパートに通ってきた。

大学時代、親父《おやつ》さんの丁稚《でっち》として、地獄の修業を耐え抜いた長谷は、卒業後、親父《おやつ》さんの会社へは就職せずに、起業した。親父《おやつ》さんの会社を乗っ取って、じゃなく、一から「自分たちの王国」を作るために、それまでかき集めた人材を結集した。世界相手に、最前線で働く北城《きたじょう》や白川《しらかわ》や後藤たち、コーヒーの屋台を運営する元不良ども、あらゆるサポートを任された田代。長谷は、その容姿や「若き起業家」という話題性を最大限利用し、自らが広告塔となって、自分たちの会社をアピールした。

会社が軌道《きどう》に乗るまでの数年間は、親父《おやつ》さんの地獄の修業時代に匹敵する忙しさだっただろうけど、だからこそ、長谷はアパートに足繁くやってきては、クリと過ごしていた。長谷にとっては、クリ以上の癒《い》やしはないもんな。


クリの母親が現れなくなって、十年がたとうとしていた。

妖怪アパートの、いつもの午後。初夏の空気が爽《さわ》やかだった。

庭の緑は、新芽で青々としていた。

空気が透明で、あらゆるものが太陽の光を受けて、宝石のように輝いていた。

シロは縁側で気持ちよさそうに眠り、俺と長谷とクリは、おやつの時間だった。

「わー、クリ、おいしそうだなー。るり子さんが、フレンチトーストを焼いてくれたぞ〜」

そう言いつつ、フレンチトーストを一口大に切っていく長谷。それを熱心に見つめるクリと俺。

「うまそうだなぁ〜」

パンを、卵とミルクと砂糖とバニラエッセンスで作る液に浸《ひた》し、フライパンで両面をこんがりと焼くフレンチトーストだが、るり子さんは、パンをうんと厚切りにし、ミルク卵液には、一晩しっかり浸けこむんだ（普通は数十分でいいらしい）。で、じっくりふっくら焼くと、それはもう、ふわっふわの巨大出汁巻き卵のようなフレンチトーストの出来上がりだ。ビッグサイズなので一口大に切り分け、メープルシロップ、ジャム、チョコシロップと、好きなものを付けていただく。

「あー、うまい。なんて、コーヒーに合うんだ」

「口の中で、とろけるなぁ」

クリも気に入ったのか、夢中で食べている。チョコシロップが好きなので、口のまわりを真っ黒にしている。長谷が、それを拭いてやる。

アパートは静かで、鈴木さんが、廊下の拭き掃除をしていた。山田さんが手入れした薔薇《ばら》たちが（薔薇みたいないいいなモノも混じっているが）、色鮮やかに咲き誇っている。

詩人がやってきて、みんなでお絵描き大会になった。クリは、絵がずいぶん上達した。クリの絵を見ながら、長谷はずっと笑っていた。

いつもの、午後だった。

アパートでのいつもの午後を、俺たちはいつものように過ごした。

夕方。厨房から出汁のいい匂いが漂い始めた時、縁側で伸びていたシロが、すくっと立ち上がり、玄関に向かって吠《ほ》えた。

「シロ?」

「あ……」

俺は、これは、茜《あかね》さんが来たのだとわかった。シロがこんなふうに嬉しそうに吠えるのは、茜さんが来た時だけだから。

(ということは……クリの母親が、今夜あたり来るってことか? ずいぶん来てないよなぁ)

と思っているところに、やはり、茜さんが現れた。しかも、茜さんに続いて来たのは、龍さんだった。

「あれ、二人お揃いで……」

「やあ、夕士くん、長谷くん」

「久しいの、二人とも」

クリの母親を追い返す場には、龍さんもいたことがあるので、茜さんと龍さんが二人揃って現れることは、なんの不思議もなかった。でも、何か変だと感じたのは、二人の雰囲気が、いつもと違ったからだ。

すがってきたクリとシロをあやす茜さんも、それを見る龍さんも、なんだかとてもおだやかな表情で、これから禍々《まがまが》しいものを迎え撃つ感じがしない。

何か、決定的にいつもと違う。

それは、何だ？

長谷もそう感じたらしく、俺と長谷はちょっと戸惑い、顔を見合わせた。

「茜さんが来たってことは……、クリの母親が来るってことですか？　今夜？」

茜さんはそれには答えず、一呼吸おいてから言った。

「今日は、皆に話したいことがある」

それが、
い、い、
その話だとは、
俺は、想像もしなかった。

なぜだろう？　その話は、以前に龍さんから聞かされたことがあったのに。

完全に忘れていたようだ。

いや、考えたくなかったから、無理に忘れたのかもしれないな。

アパートの居間に、詩人、俺、長谷、秋音ちゃん、佐藤さん、まり子さんが集まった。厨房からは、るり子さんが不安げに白い指をもじもじさせて、こちらをうかがっている。

膝《ひざ》の上に乗せたクリと、ピッタリと寄り添ったシロを優しく撫でながら、茜さんが話し始めた。

「ここ十年ほど、クリの母親は現れておらぬ。どうやら、ようやっと妄執《もうしゅう》も尽きたようじゃ。おそらく、消滅したものと思われる」

茜さんが、クリの上着をめくる。そこに、母親の、あのおぞましい手形はない。母親の手形は、普段、俺たちには見えない。それは、茜さんが見えなくなる術をかけているからだ。クリは俺たちとよく風呂に入るから、そんな時、おぞましい手形が見えたんじゃたまらないから、という配慮だった。茜さんが術を解くと、手形が現れる。

それが、もうなくなっていた。

それは、母親の、クリを殺すという妄執がなくなったことを意味していた。

俺もみんなも、ほっとした。

これで、クリの魂もやっと綺麗になったんだ。

(綺麗になって……。あれ……？　魂が綺麗になったら、どうなるんだったっけ？)

龍さんが、みんなを見回してから、静かに言った。

「成仏させるよ」

ハッ……と、した。

クリとシロが、成仏する。その、意味。

みんな、固まった。わかりきったその意味が、頭の中でぐるぐる回る。

「おめでとうございます」

凜《りん》とした声で、秋音ちゃんはそう言い、三つ指をついて深々と頭を下げた。

茜さんも、深くうなずいた。

「うむ。皆には、本当に世話になったの。皆のおかげで、クリは幸せに暮らすことができた。不幸な生まれを補ってあまりあるぞ。ほれ、このように、よく笑うようになって」

微笑む茜さんを、クリが笑顔で見た。

「……っ」

一気にこみ上げてくるものがあって、俺はそれを必死に耐えた。

俺の隣で、長谷は無表情だった。一心にクリを見つめている。

「そっかぁ。とうとうこの日がやってきたんだねぇ」

感慨深げな詩人。

「よかった。何よりだよ。ね、まり子ちゃん」

大きな瞳から、大粒の涙を静かにあふれさせているまり子さんの背中を、佐藤さんが優しく撫でる。まり子さんが小さくうなずくと、涙がパタパタと音を立てて膝へ落ちた。

「もう行くの？」

詩人の問いに、龍さんがうなずいた。

「そんな……せめてもうちょっと待ってくれ!!」

と叫ぶ、長谷の声が聞こえた気がした。俺もそう叫びたかった。

あと一日。あと一日でいいから。

別れを惜しませてくれ。こんなに急なんてあんまりだ。

(いや……！　きっとタイミングとかあるんだ。俺らにはわからない、今日でなければならないタイミングとか！　きっと！)

膝の上で、拳を握りしめる。

(悲しい別れじゃない。クリとシロは成仏する。おめでたいことなんだ。秋音ちゃんがそう言ったじゃないか！　佐藤さんも！　何よりだって……！)

クリは何も知らず、茜さんに抱かれて嬉しそうにしている。

この無垢な魂を、このままにはしておけないのだ。どんなにアパートでみんなに可愛がられていても。どんなに長谷に溺愛されていても。

(成仏したほうがいいに決まってるんだ！　それが、本来の魂の姿だから！)

俺は、自分に言い聞かせた。そうでないと……泣いてしまいそうだから。長谷もそうだっただろう。詩人たちも、そうだっただろう。

妙に黙りこんでしまったみんなに微笑みかけて、龍さんは言った。

「しばらく寂しくなるだろうけど。安心してくれ。クリとシロは、すぐに生まれ変わってくるから」

みんなが、いっせいに顔を上げた。

「生まれ変わる……本当に!?」

秋音ちゃんの顔が輝いた。龍さんは、笑ってうなずいた。

魂が生まれ変わるという仕組みがどうなっているのかなんて、俺たちには想像もつかないけれど、この高位の魔道士がそう言うのだから、間違いないのだろう。

「でも……どこに生まれてくるかなんて、わかるんですか？」

長谷が、初めて声に出した。

龍さんは、長谷に向かって力強く答えた。

「わかるよ。任せてくれ」

その言葉は、俺たちの心を矢のように貫いた。

クリとシロに、さよならを言おう。

いや、またきっと会おうと言おう。

そう、決心がついた。

「クリとシロが生まれ変わる……いいネ！」

「今度は、きっと幸せになれますよね」

「龍さんが手助けしてくれるんだもん。間違いないよ」

詩人と秋音ちゃんが、笑い合った。佐藤さんに肩を抱かれて、まり子さんも泣きながら笑っていた。

厨房で、せっせと何かをしていたるり子さんが、クリに贈り物を持ってきた。

「明日のおやつは、チョコケーキだったんだって」

秋音ちゃんが、るり子さんからのおやつをクリに手渡す。チョコケーキは作れなかったので、るり子さんは、チョコを小さく丸めて、チョコボールを作った。それを袋に入れて、クリに持たせる。

クリはおやつをもらい、いっそう嬉しそうに表情をほころばせた。

そして、クリを抱いたまま、茜さんが立ち上がった。

「……っ」

喉《のど》がグッと音を立てそうで、俺はそれを呑みこんだ。

このクリの笑顔が、最後。

いつもと変わらない、おやつをもらって嬉しそうな笑顔が。

ああ、でも、
それでよかった。

それで、よかった。

それで――。

「さあ、シロも付いておいで。今日はお出かけだよ」

玄関へと向かう茜さんに、シロも付いていく。

みんなが立ち上がる中、長谷だけは座りこんだままだった。

「クリたん、シロ、また会えるのを楽しみにしてるからね」

秋音ちゃんとまり子さんに頭を撫でられ、キスされ、一人と一匹はますます嬉しそうな笑顔になった。

「龍さん、頼んだよ」

詩人の言葉に、うなずく龍さん。

「では……」

茜さんが、深く、深く頭を下げた。

そして、その姿は龍さんとともに、夕闇へ溶けるように消えていった。

その闇の中に、微かな金色の光が降ってきた。光は明滅《めいめつ》しながら、くるくると回っている。どこか楽しそうに。生まれ変わる旅に出たクリとシロを、祝福しているようだった。

「行っちゃった……」

まり子さんが、涙をぬぐう。

「これでよかったとはいえ、寂しくなるねぇ」

佐藤さんも、大きくため息。

「でも楽しみですよ。クリとシロが生まれ変わってくるなんて」

秋音ちゃんの意見は、間違いない。

「しばらくは、それを楽しみに、寂しさを紛らわすしかないなー」

「一色さんも寂しいと思うっスか」

「当たり前でしょー。アタシ、あの子たちの名付け親だよぉ」

そうだった。そして、いつもアパートにいる詩人は、クリとシロと一番長い時間を過ごした人でもあるのだ。

「もー、今日はやけ酒だ！　飲むよ、夕士クン！」

「うっス！」

「そういえば、夕ごはんがまだだった！」

秋音ちゃんは、食堂へ飛んでいった。

食堂が賑わう中、居間では長谷が座りこんだままだった。その視線は、クリとシロがいつもいた、アパートの窓辺に向けられている。

いつもの窓辺に並んでいた二つの小さな魂は、もうこのアパートにいなくなってしまった。

「長谷……」

長谷の背中を撫で、肩を抱く。

長谷は、黙っていた。俺も、黙って待った。

しばらくして、やっと、長谷の唇から言葉がこぼれた。

「生まれ変わるなら、いい……」

「うん」

「いなくなってしまったわけじゃないから」

「うん。しばらく会えないだけだ」

「……なら、いい」

「クリもシロも、きっとお前のことは忘れないよ」

「…………」

「絶対だ。間違いない」

アパートの夜の庭。

どこからともなく降ってくる煌めく光は、草花の上に降り積もっては、そのあえかな光で花たちを彩っていた。庭全体が、美しく、優しい光に包まれる。その景色は、胸に染み入った。いつまでも、ずっと眺めていたくなるような景色だった。

その夜は、とても静かで。妖かしたちが、なぜかそっと息をひそめている感じがした。俺と詩人は、クリとシロの話を肴に居間で飲み明かし、長谷はずっと部屋に引きこもって、眠れぬ夜を、星空を眺めて過ごしたらしい。

夜空に流れ星がいくつもいくつも流れ、その長い尾は細かく煌めき、砕け、夜の闇に散っていった。

(来世は幸せに……)

星空を見上げては、何度も何度もそう思った。きっと長谷もそうだっただろう。

長い、夜だった。

それから、二年後に、クリとシロは本当に生まれ変わってくるんだが、長谷は立ち直るまでけっこうかかった。クリとシロがいなくなったあとしばらくは、アパートにも寄りつかなかったぐらいだ。きっと、長谷の「鍵付き日記帳」には、毎日のように泣き言が書かれたに違いない。

そして、チアキの「フォーカラーズ・コンサート」日本公演の夜だった。龍さんが、祐樹《ゆうき》と大樹《だいき》を連れてきたのは。

生きているクリとシロに触れた感動は、筆舌に尽くしがたい。

「生きている」ということの素晴らしさを、あらためて心の底から感じた。あの、昏睡から醒めたあと、長谷を抱きしめた時のように。

茜さんに連れられてゆくクリとシロを見送った時も、その後も、決して泣かなかった長谷が、祐樹を抱っこして泣いた。

そこに「クリ」と「シロ」はいない。

でも、その何倍も、何百倍も素晴らしい命がある。

クリとシロの魂は、あの無垢で純粋なまま、今度は命を得て、俺たちに触れてくる。

その体温、その心臓の鼓動、すべてが雄弁に語る。

「生きているよ！　ここに、生きているよ‼」

祐樹と大樹は、両親に愛されながら育ち、遊び、勉強し、仕事をし、恋をするだろう。

喜び、悲しみ、悩み、楽しみ、たくさんの経験をして、思い出を作るだろう。

それがどんなに素晴らしいか、よくわかる。

クリとシロは、アパートのみんなに可愛がられ、長谷に溺愛されて幸せだっただろうけど、やっぱりそれだけじゃダメなんだよな。やっぱり、生きて、本当の喜びや苦しみを感じなければダメなんだ。

祐樹と大樹の身体に触れ、その体温と心臓の鼓動を感じて、それを痛感した。だから、長谷は泣いたんだ。俺も、もう泣きそうだった。

長谷は、これでやっと気持ちの整理がついたと言った。それからも、クリのことを思い出すたびに切なくなるけど、今度はそれを、祐樹と大樹が癒やしてくれるのだと。

祐樹と大樹は、時々アパートに遊びに来る。

そのたびに、長谷がまた、たくさんのオモチャを用意して二人を甘やかす。

妖怪アパートのいつもの窓辺に、少し新しい風景が映るようになった。

以前よりは、ちょっと静かになったけど、相変わらず怪しくて、楽しい場所だ。

いつもの窓辺で、いつもの風景を見ながら、ここ数年は本当にいろんなことがあったなぁと、おだやかに思えることに感謝したい。

小《プチ》ヒエロゾイコン

「おだやかな夜でございますな、ご主人様」

机の脇の「プチ」の上に、フールが現れた。

「よう、フール。一週間ぶりか」

「このところ、ご主人様はたいそうお忙しい身であられましたゆえ」

フールはそう言って、おおげさにお辞儀する。

俺の命を守って、持っている力をすべて使い果たし、封印状態になった『小ヒエロゾイコン』。

俺とこの魔道書は、どういう運命で結ばれているのか、ずっと不思議だった。

その意味を、知りたいと思った。

龍さんや、古本屋や、骨董屋のように、魔術を使って生活をすることもなく、突発的魔術的事件に巻きこまれることもなく、いきなり魔法世界への冒険が始まるわけでもなく、俺は普通に暮らしている。

これでは、「プチ」とはいえ、そして中の妖魔、精霊たちが、あまり役に立たないとはいえ、腐っても魔道書たる意味がないんじゃないか?

それとも、あの「鬼恭造」の事件に巻きこまれたことが、そこで、「プチ」に命を救われたことが、俺と「プチ」との運命だったのだろうか。

そして、あの時——。

世界旅行の最中の、アフリカでの出来事……。

アフリカの某国の密林で、例によって俺と古本屋は、地元の怪しい集団に追われていた。

例によって、というのは、古本屋がまた何かやらかしたのである。

南米で、中国で、インドで、そしてアフリカで、古本屋は、よく地元の奴らとのトラブルに巻きこまれた。

古本屋は、俺を巻きこみたくないらしく、いつもほとんど何も言わないので（でも、ガッツリ巻きこまれてるっての！）、何が原因で、鉈《なた》やマシンガンを持った山賊っぽい奴らとか、ギャングっぽい奴らとか、土着の宗教集団っぽい奴らに、追い回されなければならないのか不明だ。まぁ、おそらく、軍事やお宝や、歴史的価値のある「秘密文書」の争奪だろう。そういうところ、本当にまんまインディ・ジョーンズ的な古本屋だ。

あの日も、そうだった。

密林を流れる雄大な川の近くにキャンプした。

その夜から、古本屋が「ちょっと出てくる」と言って出かけた。

「ゴムボート膨らまして、川に係留しておいてくれ」

と言い残したので、嫌な予感はしてたんだ。だから、荷物をいつでもまとめられるようにしておいた。

案の定、翌々日の朝、古本屋は駆け戻ってくると叫んだ。

「荷物まとめろ、夕士！　ズラかるぞ!!」

「うぃっス!!」

なぜ？　何があった？　なんて、訊くだけ無駄。俺たちは、ゴムボートに飛び乗ると、早い流れに乗り、川を下り始めた。その直後、密林の奥から、槍《やり》と矢が雨のように飛んできて、俺たちに降りそそいだ。

続いて、木々の間からわらわらと姿を現したのは、全身を白や赤の色に染め、羽や毛皮で着飾り、奇怪な面を付けた、いかにも「怪しい宗教集団」の奴らだった。その様子は、ただ密林の奥で暮らしている先住民族とは違う。明らかに、宗教が絡んでいる。

「漕《こ》げ！　夕士！　捕まったら食われるぞ!!」

「マジっスか!?」

「奴ら、首狩りをする宗教集団なんだよ！」

「首狩りって！　いまだに、そんな風習が残ってるんスか!?」

「違う！　風習じゃなくて、首狩りって儀式を、宗教的に作った集団なんだ。カルトだよ！」

「カ、カルト！」

オールを漕ぐ腕に、鳥肌が立つ。

「自分らで作った神に、生《い》け贄《にえ》の首を捧げて、首から下を信者全員で食うんだ！　そうすると幸せになれるんだってさ！」

「ありえねー!!」

狂信者の集団は、俺たちを追いかけてきながら槍や矢を射てきた。何かをわめきながら、踊っている奴らもいる。あの身体に塗りたくった赤いのは、ひょっとして血なのか？　ゾッとするような光景だった。

「もともとあった首狩りの風習を下敷きにしているらしい。それを歪《ゆが》めて解釈して、独自の宗教にしちまった。近隣の部族の人間とかが、もう何人も犠牲になってるって。ある部族の族長から相談されてさ」

ボートは川の流れに乗り、スピードを上げた。狂信者どもの姿が、だんだんと小さくなっていく。

「奴ら、その部族から霊的な象徴を盗んで、自分らの神にしちまったんだ」

「それを取りもどしてくれと……」

「そういうこと」

今回は、珍しく騒動の原因を話してくれた古本屋だ。

古本屋は、ショルダーバッグから、粗末な本を取り出した。ごわごわの紙を、蔓《つる》でまとめた手作りの本。

「ン・グァジ部族の守り神、ルアグァの聖典だ。ン・グァジのシャーマンは、この聖典を使って、さまざまな霊的儀式を行う。この本そのものに、神が宿っているらしい」

「奴ら、それを横取りしたんスね」

「そ。ン・グァジのシャーマンは怒ってる。これを取りもどせば、ルアグァの力を使って、奴らを滅ぼすと息巻いてるぜ」

「それは、ぜひ滅ぼしてもらいたいっスね」

その時、バシュッ！　と音がして、ゴムボートに矢が命中した。

「ああ――――っ!!」

ボートから、みるみる空気が抜けていく、と同時に、スピードも落ちる。

「ヤバイヤバイヤバイ!!」

俺は、大慌てで、リュックからガムテープを取り出した。

「必殺、布テープ補修!!」

矢を引き抜いたあとの穴を、ガムテープでふさいだ。こういう時、布のガムテープは本当に役に立つ。長い旅には、必須のアイテムだ。

穴はふさいだが、ぐっとスピードの落ちた俺たちに、奴らが再び迫ってきた。しかも！

「ちょ……あれ見て！　あれ……滝じゃないっスか⁉」

川が、前方で途切れているように見えた。

聖典をビニール袋に入れながら、古本屋が叫んだ。

「大丈夫！　三十メートルぐらいの滝だから‼」

「それって、大丈夫の範疇《はんちゅう》なのか‼」

前門の滝、後門の追っ手。

その時だった。

「何かお困りのご様子で」

耳元に届いた声があった。

俺は、思わず叫び返した。

「ああ、困ってるな……ええっ⁉」

声がしたほうを振り返る。

リュックの傍に、中に入れてあるはずの「プチ」があって、そこに、小さな妖精がちょこんと立っていた。

「フ……」

「ご機嫌《きげん》うるわしゅう、ご主人様～！」

おおげさなお辞儀。

「フール⁉」

俺と古本屋がハモった。

フールは、ぴょーんと飛んで、首元に抱きついてきた。

「お久しぶりでございます、ご主人様ぁああ――――っ‼」

「えっ、おまっ……、えっ⁉」

「小《プチ》ヒエロゾイコンは、復活したのか！」

古本屋の問いに、フールは胸を張った。

「はい！　今、ここに、復活いたしました！」

その瞬間、世界が輝いて見えた。

その輝きの中に、夢の中に初めてフールが現れた時のこと、長谷と俺の目の前にフールが現れた時のこと、ヒポグリフのことや、ブロンディーズのこと、そして、「プチ」が封印された時のことなどが、一瞬でよぎった。頭の中が、輝きで爆発しそうだった。

「この数年の間に、ご主人様は精神的に大変成長され、それが我らの力となり、このように早く復活できた次第でございます。まさに、目を見張るような力のみなぎりでございました。我ら一同、感謝と感激の嵐でござ……」

フールのおおげさな口上を無視し、俺は「プチ」を引っつかんで、ページをめくった。三十メートルの滝が、目の前に迫っていた。

「女教皇《じょきょうこう》、ジルフェ!!」

俺の叫びに、フールも高らかに応える。

「ジルフェ！　風の精霊でございます!!」

ゴッ!!　と風が巻き起こった。

滝から飛び出したゴムボートを支えるように風は吹き、ボートは、まるでスキージャンプをするジャンパーのように、滝の上から下の川へと、ソフトランディングした。

「おお〜〜っ、その手があったかあ!!」

「さすが、ご主人様！　ナイスコントロールでございます!!」

古本屋とフールが叫んだ。「プチ」を手にした当初は、ジルフェも、机の上のノートやペンを吹き飛ばすしかできなかった俺だ。今、この瞬間、ジルフェを自分のほぼ思いどおりに操れると確信できた。全身に鳥肌が立った。

滝の上の崖に追っ手が現れたが、奴らはそこから降りることができなかった。わめいたり、届くはずがないのに槍を投げたりするのを尻目に、ボートはずんずんと川を下った。

完全に追っ手を振りきった頃、川の流れもゆるやかになり、俺たちは、やっと一息ついた。

「もう安全でございますよ、お二人とも。お疲れ様でございました」

フールが、おおげさにお辞儀をする。

「ハハハ」

古本屋が笑った。笑って、俺の背中をバンバンと叩いた。

「ハハハハ！」

俺も笑った。

「ホホホホ」

フールも笑った。

俺たちは川を下りながら、しばらく大笑いしていた。


あの時のことを思い出すと、今でも笑えてくる。痛快で、幸せな笑いだった。

「プチ」が封印されてから復活するまで、約三年。長くもあり、短くもあったな。

その間、「プチ」は常にリュックの中にあって、俺は時々ページをめくったりしていた。フールやコクマーを、小さく声に出して呼んでみたりした。それに応えは返ってこなかったが。

だが、俺の「力」は、確実に付いていたんだ。

「そのとおりでございます、ご主人様」

フールは、ひときわおおげさに、つま先に頭がつくほど大きくお辞儀をした。

「初めての海外旅行が世界旅行とは、ご主人様には、さぞかし大変でしたでしょう。

ヨーロッパや北米はともかく、南米、中国、インド、アフリカは、ただでさえ厳しい旅でしょうに、古本屋殿は、決してご主人様を甘やかしませんでした」

「まぁな。とにかくよく歩いたなぁ。あと、野宿。次が、バスと安ホテルとか……」

俺は、苦笑いする。

「そんな古本屋殿のあとを、ご主人様は懸命に付いていかれた。苦しくとも、つらくとも、ひたすら古本屋殿の背中を見ながら歩き続けられた。それそのものが、ご主人様の力となったのでございます」

「歩き続けられたのは、その先に、苦しみやつらさ以上の、喜びや感動があったからだよ」

大自然の途方もなさ、歴史の神秘、裏通りでおっさんたちと飲んだことすら、俺の血と肉になった。携帯やブログを通じて、友人や仲間が、喜びも苦しみも分かち合ってくれた。

「その考え方、それすなわち、ご主人様のお力なのでございます。そのお力が、我らを復活させました」

フールは、またここで深々とお辞儀をした。

ラスベガスで、俺に会いに来てくれた千晶が言った言葉を思い出した。

『そういうふうに考えることができるのが、お前の〝徳〟なんだろう』

「さすが、千晶様。わかっていらっしゃる」

フールは、「うふふ」と笑った。

「何事に対しても、負の考えしか持たない者がおります。もともとの性根《しょうね》がねじくれているのか、不幸な境遇がそうさせるのか。いずれにせよ、素直に受け取ることや感動すること、真っ当な意見や思いを否定する者、馬鹿にする者です。このような者が、精神的、霊的に高い場所に行けるはずがございません。それはすなわち、幸福になることができない、ということでございます」

鼻息荒く言うフールの意見に、詩人が重なる。詩人も同じようなことを言っていた。

「しかし、我らがご主人様、稲葉夕士様は違う！　苦しみや悲しみにも、喜びや楽しみにも、常に真摯《しんし》でまっすぐであられる。そのお心は力にあふれている。それが、我らの糧！　ありがたや、ありがたや～」

「もういいよ、フール」

照れくさいし、こそばゆい。

俺にも、素直になれず、真っ当なことを否定していた時期はあった。不満を抱《かか》えて、いつ爆発してやろうかなんて考えていた時期はあった。

もし、俺があのままだったら、友だちなんてできるはずないし、詩人や龍さんや千晶の言うことを「説教くさい」「えらそうに」と否定し、大自然の雄大さや神秘を理解できず、人との触れ合いもなく、そんな自分の境遇を、ひたすら嘆《なげ》き、恨み、世をすねていただろう。

そうならなかったのは、長谷と妖怪アパートが、俺を変えてくれたからだ。

みんなのおかげで、俺は、幸福になれたんだ。

その集大成といおうか、結果（?）が、「プチ」の復活なんだろうか。なんだか、そんな気がした。

復活した「プチ」は、以前に比べて、少し落ち着いた感じがする。これは、主人たる俺が変わったから……つまり、大人になった（または、力がついた）からかもしれない。

ホラ吹き猫や、おいぼれ梟《ふくろう》、仲の悪い三姉妹女神たちはじめ、相変わらず、あまり役に立たないモノたちばかりだが、そして、俺が作家という職業に就き、部屋にこもることが多くなったことで、ますます魔術的事件や冒険から遠のいて、すっかり出番もないモノたちばかりだが、アパートの住人たちと同じく、俺の愛すべき家族である。それは、これからも変わらない。

そうそう。「プチ」が復活したことで、帰国後、俺の霊力トレーニングも復活した。トレーナーは、こちらもアパートに帰ってきた秋音ちゃんだ。

ただし、もう俺も秋音ちゃんに特にトレーニングしてもらうことはなく、修行も、日曜日の夕食前一～二時間程度になった。二人で滝に打たれながら般若心経《はんにゃしんぎょう》を唱えるだけだ。

霊力を鍛えるというより、これをすると、風呂が気持ちよくて夕飯がうまいという理由でやっている。

あたし、ねこ、ネコ

画家が去り、クリとシロが去り、静かになってしまった妖怪アパート。

たまに祐樹と大樹が遊びに来て、その時は長谷もはしゃぐから賑やかになるけど、赤ん坊二人はすぐに帰ってしまう。

長谷は、週末にはアパートにいるけど、忙しい時はずっと留守だ。

アパートの他の面々は相変わらずだけど、宴会の中心で叫んでいた画家がいないので、宴会も少し静かなものになったかな。

「夕士クンや秋音ちゃんが、大人になっちゃったせいもあるよ」

と、詩人が笑う。

日ごとに秋が深まり、アパートの庭もすっかり紅葉した。塀を彩る赤や黄色に染まった蔓草、そこになる実は瑠璃色《るりいろ》。いつかの秋、クリがこの実をたくさん集めて、箱に大切そうにしまっていたっけ。美しい瑠璃色の実は、クリには宝石のように見えたのだろう。斜めに射しこんだ黄金の光の中を、かさり、こそりと葉が落ちる。その真っ赤に染まった葉を、黒い小人たちが、どこかへ運んでゆく。この落ち葉で、よく芋を焼いたなぁ。

夕食前に、一味マヨネーズ添えのゲソ焼きで一杯やっていた俺と詩人のもとへ、

「ただいまぁー！　お腹すいたー！」

と帰ってきたのは、古本屋。

「アパートで、今一番賑やかなのは、彼だネ」

詩人の意見に、俺は噴き出した。

「はぁ〜、寒くなったなぁ〜。お！　ゲソ焼き‼」

古本屋は、俺たちの傍にぴょんと飛んできて座ると、ゲソを、ひょいぱく、ひょいぱくという感じで食った。

「んん〜めぇ〜〜〜！　やっぱ、イカの焼いたのには、一味マヨネーズだよなぁ〜」

「ハイハイそのとおり。かけつけ三杯どーぞ」

詩人が、古本屋に日本酒を注ぐ。

「おお〜、ぬる燗！　これまた、イイ！　純米酒？　日本の秋だな〜」

厨房から、いい匂いが漂い出す。

「この香りは、すき焼き！　イエッフ――‼」

「松茸と牛肉のすき焼きっスよ！」

「日本の秋ばんざーい！　日本人でよかったよ――‼」

俺たちが、よだれを垂らしながらメインを待っていると、

「やぁ、いい匂いだねぇ」

と、仲間がまた一人やってきた。

「おー、骨董屋さん、久しぶり！」

「お久しぶりっス！」

「ホント、久しぶりー」

「やぁやぁ、諸君。相変わらずで何より」

こちらも相変わらずのスタイル。怪しい眼帯にコート。怪しい口髭《くちひげ》。骨董屋が居間に入ると、後ろに引き連れていた怪しい手下たちが、ささささ、とどこかへ去っていっ

た。

　そこへ、松茸の土瓶蒸《どびんむ》しと、焼き松茸が運ばれてきた。俺たちは、拍手喝采《かっさい》で迎える。

「ナイスタイミングだったようだ」

　満足げに笑う骨董屋。

　松茸づくしの前菜を楽しみながら、やっぱり話題になるのは、画家やクリとシロのこと。

「いや、クリとシロが生まれ変わったとは、実にめでたい話じゃないか」

「骨董屋さんは、その場にいなかったからそんなこと言えるんスよー。俺や長谷なんか、どんだけ泣きそうになったか」

「ははははは」

「まー、事実、寂しくなっちゃったよな〜。おっ、すき焼き様ご登場！　待ってました!!」

　古本屋がそう騒いでも、宴会が以前より寂しくなったのは否《いな》めない。それでも、アパートの楽しい仲間が集えば、うまい飯がいっそううまくなるのは変わらない。

「わー、いい匂いー！　お腹すいたー！」

「おー、すき焼きだ、すき焼きだー！」

秋音ちゃんと佐藤さんが帰ってきた。

秋音ちゃんが、鍋の中の牛肉をごっそりすくって、大盛り飯でかきこむ。るり子さんが、慌てて牛肉を追加した。

クッキリとした月が、群青《ぐんじょう》の空に浮かび、秋の深まった夜は冷えこんできたが、アパートの居間は暖かい空気に満ちていた。みんなの笑う声としゃべる声で、暖かさがいっそう増す。

「秋音ちゃんと夕士クンが、もうアラサーなんて、信じられないよネー」

「子どもは、ほんっと成長早いよな」

「すっかり、いい女になった」

骨董屋の「手に口づけ」を、「うふふ」と受ける秋音ちゃんは、堂々としたもんだった。ほんと、自分でも思うけど、俺や秋音ちゃんがもうアラサーなんて信じられない。

「佐藤さんは、また新入社員からやり直しているとか？」

「えへへー、そうなんだ。今度はアパレルメーカーに就職したよ。相変わらず経理だけど」

「佐藤さんのいる会社、俺の同級生のいるとこと同じなんスよ！」

その同級生とは、元姦し娘の一人、桜庭だ。骨董屋は、「ほほぅ」と、一つしかない灰色の目を大きくした。

「そーなんだよー。働いてる部署は全然違うから、接点はまるでないんだけどねー」

「しかも、佐藤さんのほうが、五年も後輩なんスよ！」

全員爆笑。

「この話、何回聞いてもウケルー！」

「佐藤さんならではだよネー」

古本屋と詩人は、笑いながら乾杯した。

すき焼きの締めは、残り汁に白飯をぶちこんだ「すき焼き飯」だ。雑炊《ぞうすい》じゃなくて、どっちかというと炒飯《チャーハン》に近い。すき焼きの残った汁と具に白飯を投入し、汁がなくなるまで（でも、カラカラにならないように）炒める。味つけは、少し甘めにしてある。これを、鍋から直接スプーンですくいながら食うんだ。

上品な食べ物、食べ方とは、とても言えないが、すき焼きの汁と、細かくなって汁に沈んでいた肉や松茸などの具材が、飯にからみついてうまいのなんの！　またこれに、るり子さん特製の、白菜の浅漬けが最高に合って、さらにうまいのなんの!!　みんな、鍋がつるっつるになるまで食べ尽くす。

夕飯のあとは、るり子さんがちょっとしたおつまみを作ってくれて、それを肴に宴会は続くわけだが、俺は仕事の都合とかあって、画家ほど詩人のお伴ができないことが多く、つらいとこだ。まぁ、詩人に最後まで付き合うことは、誰もできないんだけど。

「アタシだって、好きで一晩じゅう飲んでたわけじゃないんだよ。あれは、深瀬に付き合ってただけなんだから」

と、詩人は言うが。

今の妖怪アパートには、つぶれるほど飲むとか、明け方まで飲む者はいない。健康にはそのほうがいいんだろうけど、それも、アパートを妙に静かにさせている原因の一つだ。

ゆるやかに、アパートの様子も変わってゆく。

それは当然のことで。
俺や秋音ちゃんが、大人になったせいもあると言われたように。
当然のことだけど、
やっぱり、ちょっと寂しい。

そんな時だった。


編集者との打ち合わせで、久々に都内に出た。

打ち合わせの前に、長谷社長のおごりで、ビルの最上階のレストランでステーキランチなどを食う。

「あー、早くアパートに行って、温泉に入りてぇ」

長谷は、肩をコキパキ鳴らしながら言った。

「忙しそうだな」

「北城が、インドシルクのいいのを見つけてきてな。これを買う話が進んでるんだ。日本で、女性向けのファッションアイテムとして売り出したい」

そう言いながら、長谷はステーキをガツガツと食った。やる気がみなぎっている感じだ。

長谷の会社は、貿易がメインになりつつある。北城を筆頭とした「対海外ビジネス組」が、掘り出し物を求めて、また、国内の製品を売りこむため、世界じゅうで飛びこみ営業をしている。まだまだ大規模な取引はないが、埋もれているいい商品を発掘しては、まずは通販で売り、実績を伸ばしている最中だ。今は、海外支店なんてのがなくても、ネット上で売り買いができるから、便利な時代だよなあ。

最近のヒットは、北城がハワイで見つけた、手作り石けん。これが、女性に大受けした。ファッション誌などにも、ずいぶん取りあげられたもんだ。女性誌が飛びついてくるのは、長谷が宣伝を担当しているからだ。あの長谷がにっこり笑いながら、「自信を持って、貴女におすすめしますよ」なんて言えば、売り上げも倍増だ。また、長谷に付いている秘書が後藤なもんだから、この美男子コンビが、女性編集者たちに評判で、インタビューや特集記事の依頼が引きも切らない。

一方、元不良どものコーヒースタンド事業も順調に続き、販路を拡大していっている。あの頃、まだ剃《そ》りこみもクッキリとしていた不良どもが、今では立派な販売員として自分の地位を上げ、結婚する者も出て、真っ当に暮らしている。コーヒースタンドから貿易事業に移ってきた奴らや、他の販売事業を新たに立ち上げる奴らもいた。

「俺、自分は絶対まともに暮らせないだろうなと思ってたよ。北城さんのことは尊敬してたけど、俺はいつか、はじかれるんだろうなぁって」

不良どもの中には、こう言う連中が多い。

学生時代、まともに勉強もせず、遊びと喧嘩に明け暮れていたような奴らが、真っ当な職業を続けることは難しい。北城に付いて、長谷の事業に参加したものの、コンビニのバイトすらやったことのない奴らが、自分たちでコーヒースタンドを営業するなんて、奴らにしてみれば「冗談じゃねぇよ」と感じたかもしれない。

それを束ねたのは、北城のカリスマだった。

北城が率先して働き、クライアントに頭を下げる姿を見せる。

「いいか。俺らはな、真っ当な社会人なんだよ。真っ当な社会人は、商売相手に礼を尽くすなんて、当たり前なんだ。俺が、長谷や久瀬川《くぜがわ》を認め、礼を尽くしていたのと同じだ。あの久瀬川だって、将来は空手道場の師範をやりたいと言ってる」

久瀬川というのは、北城の学生時代のライバルらしい。よく決闘をしたとか。

「俺は、お前らを、真っ当に暮らさせてやりたいんだ。俺の子分ならやれると思ってる。失敗してもいい。三年我慢しろ！」

親分に一番働いていられては、子分どもも働かないわけにはいかない。もちろん、商品の扱いがぞんざいだとか、仕入れに失敗するとか、客ともめるとか、いろいろトラブルはあった。だが、北城は根気よく子分どもの面倒をみた。そしてその後ろには、一切口出しせず、金だけ出していた長谷がいた。

「自分は見捨てられない」と悟った不良どもは、劇的に変わり始めた。誰もが真剣に仕事に取り組むようになり、赤字続きのコーヒースタンドは、徐々に売り上げを伸ばした。それが、奴らの自信になった。

「俺は、コーヒーを作って売るしかできないけどよ。それでも、俺が思っていた人生は、こんなに静かじゃなかった。俺、絶対暴力団とかに入って、鉄砲玉とかやってたんだろうな〜って思うわけよ。おおげさかもしれないけど、そういう暮らしをしてんだろうなってこと」

剃りこみもすっかりなくなった元不良は、そう言って苦笑いする。

「子どもが生まれて、初めて心の底から感じた。北城さんと長谷さんに付いてきてよかったって。俺は、自分の子どもを、真っ当に育てることができるんだって」

可愛い赤ん坊の写真を、照れくさそうに見せて笑うその顔は、最高の笑顔だった。


「起業して六年？　七年か？　いい会社になってきたよな」

そう長谷に言ってやると、長谷はニヤリと笑ってから答えた。

「まだまださ」

長谷の野望《ゆめ》は、まだまだ広がってゆく。

日本を代表する企業になるまで。

親父《おやっ》さんの会社と、肩を並べる大会社になるまで。


長谷と別れ、ホテルのラウンジでお茶しながら、編集者と打ち合わせをした。

ハリウッドから『インディとジョーンズ』の実写映画化の話が来ているんだが、どうもうまく進んでいないらしい。

「いや、俺としちゃ、時間がかかっても、話が流れても、全然気にしませんよ」

と言っておいた。

正直、わざわざ実写にしなくてもなぁと思っている。やるからには、ちゃんと作ってほしいが、そううまくいかないだろう。映画製作業界ってな、カオスだからな。今までだって、国内の映画製作関係者から、『インディ〜』の映画化の話がどれだけ来たか。どれも、驚くような企画ばかりだった。「日本人版にしたい」なんてのはいいほうで、「インディとジョーンズを高校生という設定にしたい」とか「インディを女性にしたい。ジョーンズとの恋愛ありで」とか「インディを子どもにして、妖怪退治ものにしたい。ジョーンズはいらない」とか。

「おととい来やがれ!!」

と、ちゃぶ台をひっくり返したいような企画やプロットばかりだった。

本当に、映画製作業界人って何を考えているのか、さっぱりわからない。純粋な原作ファン、映画ファンと、あまりにも感覚がズレてやしないか？　映画ファンの俺は、そう感じる。

できるなら、映画化の話は流れてくれればいいな〜と思いつつ、編集者と別れる。

ブラブラとウインドウショッピングをしてから、帰りの電車に乗った。

鷹《たか》ノ台東《だいひがし》駅に着いた頃には、街は黄昏《たそがれ》色に染められていた。日が短くなったな。

アパートに向かって歩きだし、駅前から住宅街に入る。黄昏時の住宅街は、もう少ししたら始まる帰宅ラッシュの前で、妙にひっそりしていた。それぞれの家は夕飯の支度《したく》が始まっていて、静かな空間に、いい匂いがあちこちから漂っていた。紅葉した庭木のニシキギが、夕陽に照らされて、まさに燃えるようだった。思わず立ち止まって、見入ってしまう。

その時、ふと目線を上げたら、少し先の家の門柱の上に、猫が一匹、丸まっているのが見えた。

「見かけない猫だな」

この住宅街で、猫を見ることはあまりない。今までにも、一匹か二匹しか見たことがない。門柱の上の猫は、そのどちらでもない柄をしていた。雉虎《きじとら》というのかな、ちょっと薄めの地に、綺麗な虎縞《とらじま》をしている。大きさは、俺の両手を少しはみ出るぐらい。まだ子どもみたいだった。

その家は空き家のようだから、その家の飼い猫じゃないとして、ひょっとして迷い猫かな。いや、どこからかやってきた野良かも。香箱《こうばこ》を組んで、道の向こうを一心に見ている。

近くまで行って、

「にゃあ」

と、声をかけてみた。すると、仔猫は飛び上がるように立ち、目を大きく開いて俺を見た。

次の瞬間、

「んにゃああああああ」

と、鳴きながら門柱を駆け下りてくると、足元にまとわりついてきた。抱っこしてくれと言わんばかりに、俺の足を這《は》い上ってくる。

「はははは。ずいぶん懐《なつ》っこいなあ、お前」

俺は仔猫を抱っこしてやった。仔猫は、喉を盛大に鳴らし、顔を俺の胸にこすりつけてくる。

「そーかそーか、寂しかったんだな。迷い猫だな、お前。飼い主はどこだ?」

仔猫は鳴き続けながら、俺の顔を舐《な》め、両手で服を揉んだ。それはまるで「大好き、大好き、離れたくない」と言っているようだった。

「わかったわかった。ひょっとして腹減ってる？　るり子さんに何か作ってもらおうな。おかか入りおじやとか。小魚とちくわの和え物とか。いかん、うまそうだ」

俺は、仔猫をアパートへ連れ帰ることにした。

（とりあえず飯を食わせて、それから写真を撮って、「迷い猫保護してます」のポスターを作って……）

とか考えながら、アパートの門をくぐる。

すると、仔猫の身体が一瞬ふわっと光った。

「ん？」

「あの……ご主人様」

肩にフールが現れた。仔猫が、すかさずじゃれついていく。フールはそれをかわしながら言った。

「ご主人様、この仔猫が生きたものではないことを……おわかりですかな？」

「えっっ!?」

俺は、大声を上げてしまった。フールは大きなため息をついた。

「はぁぁあああ〰〰……。やはり、わかっておられなかった」

「えっ……こいつ、幽霊？　妖怪？」

「この仔猫は、すでに死んでおります。今の姿は、幽霊ということになりますな」

「こ、こんなにハッキリ見えて、触れるのに⁉」

「それは、よくあること。クリ様がそうだったように」

「そ、そりゃ……でも」

「要因の一つに、この仔猫には、死んだ自覚がないことが挙げられます。おそらく、あの空き家で飼われていた猫で、あの場所で死んだのでしょう。死を自覚できずに、あの場に留《とど》まってしまったのです」

そして、飼い主も誰もいなくなってしまっても、仔猫はあの場に留まり続けた。

毎日毎日、飼い主が帰ってくるのを、あの門柱で待っていたのか。

「お前、可愛がられてたんだな……。だから、誰もいなくなって、寂しかったのか……」

フールを興味津々《きょうみしんしん》に見つめる丸っこい目。女の子らしい、可愛い顔をしていた。

「この仔猫は、ずいぶん長い間、あの場所にいたものと思われます。ご主人様は、その前を何度も行き来しました」

「でも、見えなかった……」

「はい。それが、今日見えるようになったということは、さまざまな要因が揃ったのでしょう」

俺の霊力が、前より上がったこと。仔猫の気持ち。黄昏という時間などなど。

ということは、今日、俺がこの仔猫を「拾う」ことは、運命だったんじゃないか？

「縁《えん》があった」ということだ。

仔猫は、丸い金茶の目を大きくして、俺を見上げてくる。服に爪を立てて必死にすがりついて、喉を鳴らしている。こんなに人恋しくなるまで、どれほどの時間を、ひとりぼっちであの門柱に座りこんでいたんだろう。飼い主が帰ってくると思いながら。

「どんな理由にせよ、もうこいつを放り出すわけにはいかないな」

幽霊でも妖怪でも、そんなことは関係ないってことは、この妖怪アパートそのものが証明している。アパートに張られた結界にはじかれなかったってことは、この仔猫が邪悪なものでない証拠だ。今さら一匹仲間が増えたところで、アパートは変わりないだろう。

俺は仔猫を抱いたまま、玄関に歩いていった。

玄関前で、アパートを見上げる。

「ようこそ、妖怪アパートへ。今日から、お前ん家《ち》だよ。もうあそこで、ひとりぼっちで座ることはないんだ」

俺は、仔猫を撫でた。仔猫は目を細めて、喉をくるくると鳴らした。

「ただいまー」

詩人が居間にいた。

「おかえり、夕士クン。おや？」

「そこで、拾っちゃいました」

俺は、頭をかいた。

「猫だあ！」

目を細めた詩人に、仔猫が飛びかかる。

「あっひゃっひゃ、この子、人懐っこいねー！」

さっそく遊んでくれ攻撃に遭った詩人は、大笑いした。詩人が、読んでいた新聞をガサガサいわせると、仔猫はお尻をふりふり、狙いを定めて、新聞紙に突進していく。

「るり子さん、なんか作ってやってもらえますか？」

厨房で夕食の支度をしていたるり子さんに頼む。るり子さんは、白く細い指で「OK」と応えてくれた。

詩人が、新聞紙をボール状に丸めて転がした。仔猫はそれを追って、居間じゅうを「とたたた！」という感じで走り回った。

「あははは、元気だな〜。いいネ〜」

「大人の二歩手前、ぐらいスかね」

「女の子？　どうりで可愛い顔してる。もう名前は考えた？」

「いや、まだ。一色さん、この子、幽霊だって」

「そうみたいだねー」

あっけらかんと、詩人は言った。

「妖怪アパートじゃ、関係ないけどネ」

「……そうっスよね」

俺と詩人がしゃべっている間も、仔猫は新聞ボールを転がしながら、とたたた、とたたた、と走り回る。その軽い足音が、心地好かった。なんだか心まで軽くなるような音だった。きっと、仔猫が楽しんでいるからだろうな。

るり子さんが、仔猫の夕飯を用意してくれた。ちくわと煮干しを細かくしたのを混ぜたものだ。仔猫は飛びついてくると、「にゃぐにゃぐ」と言いながら食べた。その様子が可愛らしくて、俺と詩人は笑った。るり子さんは、とても嬉しそうだった。仔猫の傍で、指をもじもじと絡ませていた。

「一色さん、名付け親になってくださいよ」

「そーだなー。懐っこいから、〝なっこ〟ちゃんは？」

「なっこ⁉」

クリとシロの時といい、文学作家にしては単純極まるネーミングセンスだが、「なっこ」か。悪くない。響きが可愛い。

「なっこ。お前は、今日からなっこだぞ」

そう言う俺を、なっこは舌をぺろぺろしながら見上げた。わかったというふうに「にゃあ」と鳴いた。

「あー、猫だあ！」

秋音ちゃんが帰ってきた。

嬉しそうに寄ってくる秋音ちゃんに、なっこはさっそく「遊んで！」と突進する。本当に、なっこは人見知りしない。遊んでもらえて嬉しくて仕方ないといった感じだ。それだけ、孤独な時が長かったんだろう。

「あ、この子、空き家の門の上にいた子でしょ」

さすがに、秋音ちゃんには、以前からそこにいたなっこが見えていたようだ。なっこを無視していたのは、秋音ちゃんクラスになると、見えている妖かしにいちいち反応してはいられないからだ。

「そうか。夕士くんが拾ったのね」

なっこと鼻と鼻をくっつけ合って、秋音ちゃんは、どこか感慨深げに言った。

「なんか、まずかった？」

「ううん、いいの。猫の幽霊が一匹増えたところで、アパートはどうってことないのよ。でも、あたしじゃ、拾ってあげることはできなかったから、よかったねって」

そこに妖かしがいる。その程度じゃ、秋音ちゃんはなんの反応もしない。たとえその幽霊なり妖怪なりが、とても悲しい存在でも、救ってやりたい境遇でも、術師たちは、「基本スルー」らしい。そういう決まりがあるわけじゃない。いちいち関わっていては、身が持たないからだ。それに、術師たちは、「縁」があれば関わるとわかっている。

「そう〜、なっこちゃんっていうの〜。夕士くんと縁があってよかったね〜。もう寂しくないよ〜。ここには遊んでくれる人が、いっぱいいるよ〜」

秋音ちゃんは、実に楽しそうになっこをあやした。

「あー！　にゃんこだあ!!」

次に帰ってきたのは、古本屋と佐藤さん。

「わー、抱かせて、抱かせて〜」

アパートの居間が、一気に賑やかになった。みんな我先になっこを抱きたがり、遊びたがり、なっこはみんなの間を元気に走り回り、飛びつき、噛みつき、大騒ぎだ。

「いたたたた！」

「足の指を噛むのは反則ー！」

「あははは！」

「キャハハハハ！」

興奮したなっこが、古本屋や佐藤さんにじゃれついて引っかき、噛みつく。悶絶する二人の様子に、俺や詩人や秋音ちゃんは大笑い。そんな居間の様子を、るり子さんがすごく嬉しそうに眺めていた。

夕食時。食堂で、俺たちがるり子さんの激うま飯を食べている間も、なっこは食堂を走り回りながら、みんなの足にじゃれつき、舐めたり、噛みついたり、よじ登ったり、疲れたら床に大の字になったり、抱っこをせがんだり、忙しかった。みんなは、なっこの様子をずっと見ながら食べていた。笑顔が絶えず、会話が弾んだ。

初日は、なっこもはしゃぎ疲れたのか、夕飯が終わる頃には、すっかり寝入ってしまい、首の皮をつまんでぶら下げても起きなかった。

「夕士の部屋で寝かせるのー？」

「まぁ、そりゃあ、そうでしょー。いちおう、拾い主だから」

不満げな古本屋に、詩人が笑って答える。

「誰の部屋でも寝るようにしつけろよ、夕士」

古本屋が、こんなに猫好きとは思わなかった。

「とりあえず、なっこちゃんのベッドを用意しようね」

と、秋音ちゃんが、箱とフリースの膝掛けを持ってきてくれた。箱に膝掛けをくしゃっとして入れて、そこになっこを寝かせる。

「すいません、秋音さん。膝掛け取っちゃって」

「百均のだから、気にしないで」

フリースに包まれて眠る、なっこ。仔猫の寝顔、寝姿って、ホント殺人的に可愛くて、全員デレデレした。

やっと静かになった居間で、少し飲んだ。

静かになったけど、居間は、ほわほわした、軽く、楽しい空気が満ちていた。なっこは、俺の横に置いた箱の中で寝ているけど、その存在は大きく、濃く、俺たちの間を漂っている。

こんなに違うものかと、思った。

なっこは生きているものではないけれど、俺たちが、どうしようもなく可愛く、愛《いと》しく思う存在だ。クリのように。

それが、そこにいるというだけで、その空間の空気が、こんなにも違う。それ以前のアパートが寂しかっただけに、その違いが肌で感じられるほどよくわかった。

居間を満たす、ほわほわした空気は、みんなが、明日からの、なっこのいる生活が楽しみで仕方ないという気持ちなんだ。

そのまま、なっこは、朝までぐっすり眠った。

なっこも、やっと安心できたのだろう。


翌朝。俺が起きると、枕元に置いた箱の中になっこはいなかった。

一瞬焦ったが、なっこは机の上に登り、窓から庭を眺めていた。カーテンの横から顔を半分突っこんでいる姿が可愛くて、朝陽《あさひ》を受けて金色に光る毛が綺麗で、俺はちょっと見入ってしまった。

「なっこ」

と呼びかけてやると、ぴょっという感じで身体を震わせ、俺のほうを見た。

「にゃああっ！」

なっこは、机から俺のほうへ飛び降りてきた。

「いい子で寝てたな〜。いい子だな〜」

ゴロゴロいうなっこに、俺は頬ずりした。ハッ！　長谷のようなことをしてしまった。

長谷が来たら、きっとびっくりするぞ。楽しみだ。

なっこを抱いて食堂へ下りていくと、勢揃いしたみんなが待ち構えていた。

「きゃー、これが、なっこちゃん！　きゃー！」

まり子さんも大喜び。

「なっこちゃ〜ん、おはよー！」

「なっこちゃ〜ん、いい子でおねむしてまちたか〜」

「なっこちゃ〜ん、るりるりが、おいしい朝ご飯を作ってくれてるよ〜」

全員、「初孫にデレるじじばば」と化していた。

「あっはっは！」

その様子を聞いて、龍さんは大笑いした。

久々にアパートに帰ってきた黒の魔道士は、その長い髪にじゃれついてくるなっこを適当にあやしながら、秋の光があふれる縁側で、コーヒーをうまそうに飲む。

アパートの庭の秋はいちだんと深まり、木々の葉もすっかり落ちた。でもそれによって、太陽の光が庭じゅうにあふれている。すべてが、糖蜜色《とうみついろ》に美しく染められている。その光の中に、時折キラリキラリと、何かが舞っているのが見えた。それはプランクトンのように、細かく顫動《せんどう》しながら、光の中を気持ちよさそうに漂っていた。

「私もね、茜さんからクリとシロを成仏させると言われた時は、一瞬迷ったんだ。もう十年あとでもいいんじゃないかとね。でも……、そんなの同じことだよね」

俺は、うなずいた。十年後でも、二十年後でも、寂しいことに変わりない。

「クリとシロが成仏することは、正しく、おめでたいことには間違いないんだけど、クリとシロという存在そのものは、なくなってしまう。その喪失感があることも間違いないわけで……。それは、このアパートにとって、相当大きいだろうと思っていた」

「特に、長谷が」

と、ぽつっと言うと、龍さんは、「ぷっ」と吹いた。

「なんといっても、クリとシロを、あんなに幸せにしてくれた家族だ。クリとシロが受けた幸せは、そのまま、アパートのみんなの幸せの大きさに比例する。それが、失われてしまう。みんなは大人だから、その悲しみも寂しさも、大きな幸せの一部だと理解できる。それでもね……」

「ええ……」

それでも、画家がいなくなったことで、大きく様子の変わったアパートから、今度はクリとシロまでがいなくなる。アパートは、またさらに大きく変わってしまう。

「時とともに、変わらないものなど何もない。妖怪アパートだって、例外じゃない。それは、みんなもわかっている。それでもね……」

と、龍さんは、同じような言葉を繰り返した。

それでも。

それでも……。

理屈では納得できても。

寂しいものは、寂しい。

悲しいものは、悲しい。

その気持ちも、とても大切だ。

秋の陽に輝く庭の草花。美しいけれど、どこか寂しい秋の色。

龍さんの長い黒髪も、その手の中に抱かれたなっこの毛も、糖蜜色に輝いていた。

「クリの代わりでは決してないけど、なっこは、みんなにとって、クリのように可愛がりたい存在なんだな。クリとシロがいなくなって、みんなはあらためて、こういう存在のありがたさというか、大きさというか、そういう思いを強くしたのかもね。……なんて理屈は置いといて、こんな可愛い仔猫に、遊んでなんて言われたら逆らえないよね」

龍さんは、目を細めながらなっこの頭を撫でた。

なっこは、龍さんの手の中に座って、龍さんをじっと見上げていたが、いきなり龍さんの顎《あご》めがけ、頭突きをかました（しばらく休んでいたので、体力が回復したらしい）。

「いたたっっ!!」

「ああっ、すいません！」

続いて、なっこは龍さんの背中に回り、黒髪をくわえると、ぶらんとぶら下がった。ついでに、背中に爪を立てる。

「あいたたたた！」

「すいません、すいません！　こら、なっこ、やめなさい！」

それを居間の入り口から眺めながら、詩人がしみじみと言った。

「しばらく寂しかったけどさー、なっこのおかげで賑やかになったよねー。これってアレだよね、仔猫や仔犬が来たら、年寄りがつられて元気になるってやつだよネ」

それを聞いて、俺と龍さんは吹き出した。

「確かに」

「それ、間違いないっスよ、一色さん！」

俺と詩人は、なっこに絡まった龍さんの髪を外しながら、ずっと笑っていた。龍さんも、痛がりながら笑っていた。

その翌週。やっと休みをもぎとって、長谷がアパートへやってきた。

なっこは長谷にも突進し、引っかき、噛みつき、大暴れした。長谷は、疲れているにもかかわらず、手や足を傷だらけにして、なっこと格闘した。それから温泉につかると、

「あ――――っ、スカッとした！」

と、大声を上げた。それから俺のほうを見て、

「アパートに来る楽しみが増えたよ、稲葉。ありがとう」

と言った。

妖怪アパートに、いつも癒やしを求めて来る長谷。そこは、仕事と切り離された空間で、温泉があって、何より、るり子さんの激うま飯があって、それはとてもありがたいだろうけど、「いつもいたクリとシロ」はもういない。祐樹と大樹も、たまにしか会えない。それを寂しく思わないわけがないよな。

なっこは、クリとシロの代わりじゃない。でも、同じように、可愛らしく、愛すべき存在だ。なっこが、長谷の、新しい「いつもいる癒やしの存在」になれることを願う。

「仕事で忙しいだけが人生じゃないもんな、社長さん」

暗に、もっとアパートに来いと言ってやる。

「まったくだ。反省する」

長谷は、笑った。いい笑顔だった。

その夜は、なっこをはさんで、久しぶりに長谷と二人で寝た。

俺と長谷の間で、仰向けに寝るなっこが可愛くて、二人でいつまでも眺めていた。

画家やクリとシロがいなくなり、ちょっと寂しくなった妖怪アパート。誰もがそう感じていた。それが、なっこが来たことで、また賑やかになれたことが嬉しい。

なっこの可愛らしい様子、元気な様子に、みんながクリとシロを重ね合わせたに違いない。そして、その思いは昇華され、自分も元気になる。みんなが、我先になっこと遊びたがるのは、きっとそういうことだと思う。

なっこの様子にクリとシロの面影を重ねながら、思いは新しくなってゆき、思い出は過去へ去ってゆく。新しい思いと過去は、交錯しながら、心の引き出しに少しずつ収められてゆく。そうしていつか、思いはすっかり新しくなり、人は前へ歩き続けるんだ。


また、アパートが以前のように、賑やかになる。

でも、以前とは少し違う、新しい日々が始まる。

こうして、月日は巡ってゆく。思い出は、積み重ねられてゆく。

そして、やがて、

あの門をくぐって、あの時の俺のような若い子が、このアパートに導かれてくるような……。

そうやって、妖怪アパートは生きているんじゃないだろうか。

そうやって、妖怪アパートの時間は、巡っているんじゃないだろうか。

その時、俺は、妖怪アパートの「大人」として、「その子」と向き合えるだろうか。

今からドキドキしている。

あとがき

香月日輪

完結から四年か……。ずいぶんたったものだなぁ。

「妖アパ」シリーズは、綺麗に完結した。龍さんが夕士に言った「君が、自分で選んだ運命をどう背負っていくのか、ずっと見ているよ」の、「ずっと見ていた先」が書けたからだ。それは、夕士の将来の姿。世界旅行へ行って、帰ってきて、そして出された「一つの結果」である姿だ。

夕士は、自分で選んだ運命を背負い、きっちりと結果を出した。

だから、「妖アパ」シリーズは、そこで終わるのである。番外編とかのネタだけはいろいろあったが、書こうとは思わなかった。外伝ができたのは……冗談からだ。

「妖アパの番外編で、夕士がベガスに行く話があるんですよぅ～」と編集さんに言ったら、「書いていただけるんですか？」と言われたので、冗談で「それ書くには、べガスへ取材旅行に行かなきゃね～、アハハ」と返した……。まさか、本当に本気で「じゃあ、ベガスへ取材旅行に行きましょう！」なんてことになるとは……講談社、恐るべし。海外旅行なんて面倒くさいよぅ。体調もイマイチ不安だし……とか言ってたけど、旅行は無事すんで、その時のネタは、ベガス外伝にふんだんに盛りこんだぞ。

後半の物語は、いわば「締め」だな。

妖アパの十巻でも少し触れた、夕士たちのその後の、もう少し詳しい様子と、触れられなかった「プチ」などのことを、この際だから書いた。まだまだ書きたいことはあるのだけど、あまりにも細かいことなので省いた次第だ。それを書き出すと、話がズレていってしまうからな。たとえば、香川のリハビリの様子とか。小夏の失踪のわけとか。

そして「なっこ」のネタは、ベガスのネタと同時期に思いついた。

画家とクリとシロの去ったアパートは、私としてもあまりにも寂しくて、なんとかもう一度楽しくならないかと思っていた。それは、妖怪アパートの「再生」の物語になった。

なつこがクリとシロの代わりに、夕士が画家の代わりになり、妖怪アパートはまたリニューアルして、次の新しき仲間を待つのだろう。

そこから先の物語は、読者一人一人が、自由に創造してくれればいい。

本書は二〇一三年八月、小社より単行本として刊行されました。

|著者|香月日輪　和歌山県生まれ。『ワルガキ、幽霊にびびる！』（日本児童文学者協会新人賞受賞）で作家デビュー。『妖怪アパートの幽雅な日常①』で産経児童出版文化賞フジテレビ賞を受賞。他の作品に「地獄堂霊界通信」シリーズ、「ファンム・アレース」シリーズ、「大江戸妖怪かわら版」シリーズ、「下町不思議町物語」シリーズ、「僕とおじいちゃんと魔法の塔」シリーズなどがある。2014年12月永眠。
◆香月日輪オンライン
http://kouzuki.kodansha.co.jp/

妖怪《ようかい》アパートの幽雅《ゆうが》な日常《にちじょう》　ラスベガス外伝《がいでん》
香月日輪《こうづきひのわ》

2017年5月16日第1刷発行
2023年7月5日第4刷発行

発行者――鈴木章一
発行所――株式会社　講談社
東京都文京区音羽2-12-21　〒112-8001
電話　出版（03）5395-3510
　　　販売（03）5395-5817
　　　業務（03）5395-3615
Printed in Japan

講談社文庫
定価はカバーに表示してあります

KODANSHA

デザイン―菊地信義
本文データ制作―講談社デジタル製作
印刷―――株式会社KPSプロダクツ
製本―――株式会社KPSプロダクツ

ISBN978-4-06-293670-5

講談社文庫刊行の辞

二十一世紀の到来を目睫に望みながら、われわれはいま、人類史上かつて例を見ない巨大な転換期をむかえようとしている。

世界も、日本も、激動の予兆に対する期待とおののきを内に蔵して、未知の時代に歩み入ろうとしている。このときにあたり、創業の人野間清治の「ナショナル・エデュケイター」への志を現代に甦らせようと意図して、われわれはここに古今の文芸作品はいうまでもなく、ひろく人文・社会・自然の諸科学から東西の名著を網羅する、新しい綜合文庫の発刊を決意した。

激動の転換期はまた断絶の時代である。われわれは戦後二十五年間の出版文化のありかたへの深い反省をこめて、この断絶の時代にあえて人間的な持続を求めようとする。いたずらに浮薄な商業主義のあだ花を追い求めることなく、長期にわたって良書に生命をあたえようとつとめるところにしか、今後の出版文化の真の繁栄はあり得ないと信じるからである。

同時にわれわれはこの綜合文庫の刊行を通じて、人文・社会・自然の諸科学が、結局人間の学にほかならないことを立証しようと願っている。かつて知識とは、「汝自身を知る」ことにつきていた。現代社会の瑣末な情報の氾濫のなかから、力強い知識の源泉を掘り起し、技術文明のただなかに、生きた人間の姿を復活させること。それこそわれわれの切なる希求である。

われわれは権威に盲従せず、俗流に媚びることなく、渾然一体となって日本の「草の根」をかたちづくる若く新しい世代の人々に、心をこめてこの新しい綜合文庫をおくり届けたい。それは知識の泉であるとともに感受性のふるさとであり、もっとも有機的に組織され、社会に開かれた万人のための大学をめざしている。大方の支援と協力を衷心より切望してやまない。

一九七一年七月

野間省一

古波蔵保好　料理沖縄物語
ごとうしのぶ　いばらの冠〈ブラス・セッション・ラヴァーズ〉
古泉迦十　火蛾
講談社校閲部　〈熟練校閲者が教える〉間違えやすい日本語実例集
佐藤さとる　だれも知らない小さな国〈コロボックル物語①〉
佐藤さとる　豆つぶほどの小さないぬ〈コロボックル物語②〉
佐藤さとる　星からおちた小さなひと〈コロボックル物語③〉
佐藤さとる　ふしぎな目をした男の子〈コロボックル物語④〉
佐藤さとる　小さな国のつづきの話〈コロボックル物語⑤〉
佐藤さとる　コロボックルむかしむかし〈コロボックル物語⑥〉
佐藤さとる　天狗童子
佐藤さとる　絵／村上勉　わんぱく天国
佐藤愛子　新装版 戦いすんで日が暮れて
佐木隆三　慟哭〈小説・林郁夫裁判〉
佐木隆三　身分帳
佐高信　石原莞爾 その虚飾
佐高信　わたしを変えた百冊の本
佐高信　新装版 逆命利君
佐藤雅美　ちよの負けん気、実の父親〈物書同心居眠り紋蔵〉
佐藤雅美　へこたれない人〈物書同心居眠り紋蔵〉
佐藤雅美　わけあり師匠事《こと》の顛末〈物書同心居眠り紋蔵〉
佐藤雅美　御奉行の頭の火照《ほて》り〈物書同心居眠り紋蔵〉
佐藤雅美　敵《かたき》討ちか主殺しか〈物書同心居眠り紋蔵〉
佐藤雅美　江戸繁昌記〈寺門静軒無聊伝〉
佐藤雅美　青雲遙かに〈大内俊助の生涯〉
佐藤雅美　悪足掻《あが》きの跡始末 厄介弥三郎
佐藤雅美　恵比寿屋喜兵衛手控え〈新装版〉
酒井順子　負け犬の遠吠え
酒井順子　朝からスキャンダル
酒井順子　忘れる女、忘れられる女
酒井順子　次の人、どうぞ！
酒井順子　ガラスの50代
佐野洋子　嘘ばっか〈新釈・世界おとぎ話〉
佐野洋子　コッコロから
佐川芳枝　寿司屋のかみさん サヨナラ大将
笹生陽子　ぼくらのサイテーの夏
笹生陽子　きのう、火星に行った。
笹生陽子　世界がぼくを笑っても
沢木耕太郎　一号線を北上せよ〈ヴェトナム街道編〉
佐藤多佳子　一瞬の風になれ 全三巻
笹本稜平　駐在刑事
笹本稜平　駐在刑事 尾根を渡る風
西條奈加　世直し小町りんりん
西條奈加　まるまるの毬《いが》
西條奈加　亥子《いのこ》ころころ
佐伯チズ　改訂完全版 佐伯チズ式「完全美肌バイブル」〈123の肌悩みにズバリ回答！〉
斉藤洋　ルドルフとイッパイアッテナ
斉藤洋　ルドルフともだちひとりだち
佐々木裕一　公家武者 信平《のぶひら》〈消えた狐丸〉
佐々木裕一　逃げた名馬〈公家武者 信平（二）〉
佐々木裕一　比叡山の鬼〈公家武者 信平（三）〉
佐々木裕一　公《く》卿《ぎょう》の罠《わな》〈公家武者 信平（四）〉
佐々木裕一　狙われた旗本〈公家武者 信平（五）〉
佐々木裕一　赤い刀身〈公家武者 信平（六）〉
佐々木裕一　帝《みかど》の刀《とう》匠《しょう》〈公家武者 信平（七）〉
佐々木裕一　若君の覚悟〈公家武者 信平（八）〉
佐々木裕一　くもの頭領〈公家武者 信平（九）〉

講談社文庫　目録

司馬遼太郎　新装版 俄 (上)(下)
司馬遼太郎　新装版 尻啖え孫市 (上)(下)
司馬遼太郎　新装版 王城の護衛者
司馬遼太郎　新装版 妖　怪 (上)(下)
司馬遼太郎　新装版 風の武士 (上)(下)
司馬遼太郎　戦　雲　の　夢〈レジェンド歴史時代小説〉
司馬遼太郎／海音寺潮五郎　新装版 日本歴史を点検する
司馬遼太郎／井上ひさし　新装版 国家・宗教・日本人
司馬遼太郎／陳舜臣／金達寿　新装版 歴史の交差路にて〈日本・中国・朝鮮〉
柴田錬三郎　お江戸日本橋 (上)(下)
柴田錬三郎　貧乏同心御用帳
柴田錬三郎　新装版 岡っ引どぶ〈柴錬捕物帖〉
柴田錬三郎　新装版 顔十郎罷り通る (上)(下)
島田荘司　御手洗潔の挨拶
島田荘司　御手洗潔のダンス
島田荘司　水晶のピラミッド
島田荘司　眩（めまい）暈
島田荘司　ア　ト　ポ　ス
島田荘司　異　邦　の　騎　士〈改訂完全版〉

島田荘司　御手洗潔のメロディ
島田荘司　P　の　密　室
島田荘司　ネジ式ザゼツキー
島田荘司　都市のトパーズ2007
島田荘司　21世紀本格宣言
島田荘司　帝都衛星軌道
島田荘司　UFO大通り
島田荘司　リベルタスの寓話
島田荘司　透明人間の納屋
島田荘司　占星術殺人事件〈改訂完全版〉
島田荘司　斜め屋敷の犯罪〈改訂完全版〉
島田荘司　星《せい》籠《ろう》の海 (上)(下)
島田荘司　屋　　　上
島田荘司　名探偵傑作短篇集 御手洗潔篇
島田荘司　火　刑　都　市〈改訂完全版〉
島田荘司　暗闇坂の人喰いの木〈改訂完全版〉
清水義範　蕎麦《そば》ときしめん
清水義範　国語入試問題必勝法〈新装版〉
椎名　誠　にっぽん・海風魚旅〈怪し火さすらい編〉

椎名　誠　大漁旗ぶるぶる乱風編〈にっぽん・海風魚旅4〉
椎名　誠　南シナ海ドラゴン編〈にっぽん・海風魚旅5〉
椎名　誠　風　の　ま　つ　り
椎名　誠　ナ　　マ　　コ
椎名　誠　埠頭三角暗闇市場
真保裕一　取　　　引
真保裕一　震　　　源
真保裕一　盗　　　聴
真保裕一　朽ちた樹々の枝の下で
真保裕一　奪　　取 (上)(下)
真保裕一　防　　　壁
真保裕一　密　　　告
真保裕一　黄金の島 (上)(下)
真保裕一　発　　火　　点
真保裕一　夢　の　工　房
真保裕一　灰　色　の　北　壁
真保裕一　覇王の番人 (上)(下)
真保裕一　デパートへ行こう！
真保裕一　ア　マ　ル　フ　ィ〈外交官シリーズ〉

真保裕一　天使の報酬〈外交官シリーズ〉
真保裕一　アンダルシア〈外交官シリーズ〉
真保裕一　ダイスをころがせ！(上)(下)
真保裕一　天魔ゆく空(上)(下)
真保裕一　ローカル線で行こう！
真保裕一　遊園地に行こう！
真保裕一　オリンピックへ行こう！
真保裕一　連鎖〈新装版〉
真保裕一　暗闇のアリア
篠田節子　弥勒
篠田節子　転生
篠田節子　竜と流木
重松清　定年ゴジラ
重松清　半パン・デイズ
重松清　流星ワゴン
重松清　ニッポンの単身赴任
重松清　愛妻日記
重松清　青春夜明け前
重松清　カシオペアの丘で(上)(下)

重松清　永遠《とわ》を旅する者〈ロストオデッセイ　千年の夢〉
重松清　かあちゃん
重松清　十字架
重松清　峠うどん物語(上)(下)
重松清　希望ヶ丘の人びと(上)(下)
重松清　赤ヘル1975
重松清　なぎさの媚薬(上)(下)
重松清　さすらい猫ノアの伝説
重松清　ルビィ
重松清　どんまい
重松清　旧友再会
新野剛志　美しい家
新野剛志　明日の色
殊能将之　ハサミ男
殊能将之　鏡の中は日曜日
殊能将之　殊能将之　未発表短篇集
首藤瓜於　事故係生稲昇太の多感
首藤瓜於　脳男　新装版
島本理生　シルエット

島本理生　リトル・バイ・リトル
島本理生　生まれる森
島本理生　七緒のために
島本理生　夜はおしまい
小路幸也　高く遠く空へ歌ううた
小路幸也　空へ向かう花
小路幸也 原案 山田洋次 平松恵美子　家族はつらいよ
小路幸也 原作・脚本 山田洋次 平松恵美子　家族はつらいよ2
島田律子　私はもう逃げない〈自閉症の弟から教えられたこと〉
辛酸なめ子　女修行
柴崎友香　ドリーマーズ
柴崎友香　パノララ
翔田寛　誘拐児
白石一文　この胸に深々と突き刺さる矢を抜け(上)(下)
小説現代編 石田衣良他著　10分間の官能小説集
小説現代編 勝目梓他著　10分間の官能小説集2
小説現代編 乾くるみ他著　10分間の官能小説集3
柴村仁　プシュケの涙
塩田武士　盤上のアルファ

講談社文庫　目録

立花　隆　青春漂流
高杉　良　労働貴族
高杉　良　広報室沈黙す(上)(下)
高杉　良　炎の経営者(上)(下)
高杉　良　小説 日本興業銀行 全五冊
高杉　良　社長の器
高杉　良　その人事に異議あり〈女性広報主任のジレンマ〉
高杉　良　人事権！
高杉　良　小説消費者金融〈クレジット社会の罠〉
高杉　良　小説 新巨大証券(上)(下)
高杉　良　局長罷免―小説通産省
高杉　良　首魁《しゅかい》の宴《うたげ》〈政官財腐敗の構図〉
高杉　良　指名解雇
高杉　良　燃ゆるとき
高杉　良　銀行大合併〈短編小説全集(上)〉
高杉　良　エリートの反乱〈短編小説全集(中)〉
高杉　良　金融腐蝕列島(上)(下)
高杉　良　勇気凜々
高杉　良　混沌《こんとん》 新・金融腐蝕列島(上)(下)

高杉　良　乱気流(上)(下)
高杉　良　小説 会社再建
高杉　良　新装版 懲戒解雇
高杉　良　新装版 大逆転！〈小説 三菱・第一銀行合併事件〉
高杉　良　新装版 バンダルの塔
高杉　良　第四権力〈巨大メディアの罪〉
高杉　良　巨大外資銀行
高杉　良　最強の経営者〈アサヒビールを再生させた男〉
高杉　良　リベンジ〈巨大外資銀行〉
高杉　良　新装版 会社蘇生
竹本健治　新装版 匣《はこ》の中の失楽
竹本健治　囲碁殺人事件
竹本健治　将棋殺人事件
竹本健治　トランプ殺人事件
竹本健治　狂い壁 狂い窓
竹本健治　涙《るい》香《こう》迷《めい》宮《きゅう》
竹本健治　新装版 ウロボロスの偽書(上)(下)
竹本健治　ウロボロスの基礎論(上)(下)
竹本健治　ウロボロスの純正音律(上)(下)

高橋源一郎　日本文学盛衰史
高橋源一郎　5と34時間目の授業
高橋克彦　写楽殺人事件
高橋克彦　総門谷
高橋克彦　炎《ほむら》立つ 壱 北の埋み火
高橋克彦　炎立つ 弐 燃える北天
高橋克彦　炎立つ 参 空への炎
高橋克彦　炎立つ 四 冥き稲妻
高橋克彦　炎立つ 伍 光彩楽土〈全五巻〉
高橋克彦　火怨〈北の燿星アテルイ〉(上)(下)
高橋克彦　水壁〈アテルイを継ぐ男〉
高橋克彦　天を衝く(1)～(3)
高橋克彦　風の陣 一 立志篇
高橋克彦　風の陣 二 大望篇
高橋克彦　風の陣 三 天命篇
高橋克彦　風の陣 四 風雲篇
高橋克彦　風の陣 五 裂心篇
髙樹のぶ子　オライオン飛行
田中芳樹　創竜伝1〈超能力四兄弟《ドラゴン》〉

2023年6月15日現在